中共十渡镇委员会　房山区十渡镇人民政府　编

房山区西部山区
故事新编

河北大学出版社
·保定·

出 版 人：朱文富
选题策划：杨显硕
责任编辑：冯博楠
装帧设计：张彦琪
责任校对：苏安邦
责任印制：常　凯

图书在版编目（CIP）数据

房山区西部山区故事新编 / 中共十渡镇委员会，房山区十渡镇人民政府编．-- 保定：河北大学出版社，2023.12

ISBN 978-7-5666-2183-2

Ⅰ．①房… Ⅱ．①中… ②房… Ⅲ．①故事－作品集－中国－当代 Ⅳ．① I247.81

中国国家版本馆 CIP 数据核字 (2023) 第 249673 号

出版发行：河北大学出版社
地址：河北省保定市七一东路 2666 号　邮编：071000
电话：0312-5073019　0312-5073029
邮箱：hbdxcbs818@163.com　网址：www.hbdxcbs.com
经　　销：全国新华书店
印　　刷：保定市文昌印刷有限公司
幅面尺寸：170 mm × 240 mm
印　　张：11
字　　数：175 千字
版　　次：2023 年 12 月第 1 版
印　　次：2023 年 12 月第 1 次印刷
书　　号：ISBN 978-7-5666-2183-2
定　　价：46.00 元

编　委　会

前　言

公元前1046年，召公姬奭受封于燕，在今天的琉璃河建立燕古都，开始了燕国800余年王权治理。1153年，金朝海陵王完颜亮正式下诏迁都燕京，北京开始了近800年大一统王朝首都的历史。

北京西山，北连燕山，西接恒山，南接太行山，成为连接草原文明与中原农耕文明的界山，饱经历史变迁的沧桑岁月。百花山脉的西占山、大游龙山、大房山、三角城，不但留下了3000年历史变迁的印记，更铭刻着平西抗日英雄的艰难岁月和丰功伟绩。走进十渡镇、蒲洼乡、霞云岭乡的每一个村落、每一处人家，在人们的生产生活、吃穿住行中，我们总能触摸到不同历史年代的印记；在山水林田树木中，我们总能触摸到不同历史年代的岁月情感。那里历史文化的每一个元素符号，都沉淀着3000年的历史变迁，都展现着中华民族文化的价值，都闪耀着中国共产党领导下的三乡镇人民抗击日本侵略、反抗国民党反动派压迫、建设社会主义新中国、建设小康社会的精神光芒。

为深入贯彻落实党的二十大精神，弘扬伟大建党精神、抗战精神，弘扬伟大社会主义建设精神、时代精神，弘扬中华民族优秀传统文化，中共十渡镇党委、十渡镇政府聘请专家成立课题组，搜集三乡镇历史故事、红色故事、地名故事等，深入挖掘三乡镇优秀历史文化，编纂完成了这部《房山区西部山区故事新编》。本书通过一个个生动的故事，普及三乡镇自然、地理、经济、政治历史等相关文化知识，增进三乡镇广大党员、干部、群众特别是青少年学生热爱家乡、热爱房山、热爱祖国的情怀，激励广大党员、干部、群众更加紧密地团结在以习近平同志为核心的党中央周围，增强“四个意识”、坚定“四个自信”、做到“两个维护”，以更加昂扬向上的精神，心往一处想、劲往一处使，为三乡镇建设做出新贡献，为建设“六大房山”做出新贡献，为推动新时代首都发展、全面建设社会主义现代化国家、全面推进中华民族伟大复兴做出新贡献！

目　　录

第一编

革命斗争故事

萧克将军爱护战士的故事

1939 年 1 月，中共中央北方局、晋察冀军区根据中共中央和八路军总部指示，组建了中共冀热察区委员会和八路军冀热察挺进军。1939 年 2 月，冀热察挺进军在野三坡成立，萧克任挺进军司令员。

1941 年 8 月，日军对平西抗日根据地进行大规模“扫荡”，妄图摧毁根据地。萧克司令员带领根据地军民，展开了反“扫荡”作战。一天，萧司令员带领警卫班，要越过拒马河，穿越高山峡谷，向百花山转移。

这时的据马河畔，刚下过大雨，洪水滚滚，此时过河危险很大。但“扫荡”的日军，步步逼近，萧司令员身边只有 15 个人。敌情紧迫，必须过河。俗话说：“近怕鬼，远怕水。”16 岁的小战士刘振祥和两名战士不会游泳，他们看着浑浊的拒马河水，着实有些害怕。萧司令员鼓励和安慰大家，并把大家分成三路：不会游泳的在最上游过河，每个人身边跟着一名会游泳的战士，牵着不会游泳的战士过河，游泳水平一般的在中游过河，萧司令员带领会游泳的战士，在下游过河。

刘振祥一踏进河水里，就觉得脚下发飘，好不容易蹚到河水中央，一不小心，脚下打滑，胳膊从战友手中滑落，跌倒在河水中。战士们惊叫起来。河中游的战士上前拉刘振祥，没有拉住。刘振祥顺着河水往下翻滚。

萧克司令员沉着冷静，紧蹚到刘振祥的下游路线上，一把拽住刘振祥胳膊，把他扛在肩上，一步步蹚过拒马河。

刘振祥得救了。

司令员救战士的情景激励着每一位战士，直到退伍回乡病危之际，刘振祥始终不忘萧司令员的救命之恩。

过了拒马河，萧司令员立刻带着战士，走进大山之中。刚入秋的高山峡谷，山路崎岖，酷热难忍，荆棘挡道，蚊虫肆虐。战士们已经两顿饭没有下肚了，蹚河、爬山，又热、又累、又饿。

深山沟里没有人家，找不到可以吃的东西。突然，他们发现一小块地，爬着倭瓜秧。一位眼尖的战士一眼发现地里有两个嫩倭瓜。他忍不住喊了一声：“倭瓜。”

其他战士和萧司令员都听见了。但是战士们只是回头看了一眼，继续赶路，没有人停下脚步。

萧司令员却停下了脚步，问战士：“有倭瓜，在哪里？”

那个战士用手指给萧司令员。萧司令员二话没说，让战士们立刻停下。只见萧司令员走到地边，找了两块石头，拿出两块银圆，压在石头中间。亲自摘下倭瓜，在石头上把倭瓜摔成碎块，一块一块把倭瓜递到每个战士的手里。萧司令员自己只吃了最小的一小块倭瓜。

有了倭瓜垫底，战士们立刻打起了精神，跟着萧克司令员向着预定的目的地，迈着矫健的步伐，行进在高山峻岭中。

萧克将军在森水

1940 年 7 月，日军纠集十万大军分二十路进攻平西，妄图找到冀热察八路军主力部队进行决战，摧毁抗日根据地。此时，萧克司令员带领军区机关驻进了森水村。

蒲洼乡森水村位于三坡地区、蒲洼地区、十渡地区衔接的深山里，四周山高坡陡沟深，进村只有三条路，十分隐蔽，进出村十分困难，抗日战争时期，这里是平西抗日根据地中日本侵略者没能进入的少数几个村庄之一。

萧克司令员和挺进军司令部曾隐蔽在森水村。

军直机关设在了下森水村南头，萧克司令员住在湖沿上村民董德良家，邓华住在下森水村董德奎家的羊圈里，萧克、邓华经常在羊棚子下临时支起的门板前商量解决问题。屋子比较小，一张地图摊开，就占据了大半间屋子。羊棚子成了冀热察、平西反扫荡的军事指挥中心。村民们经常看见棚子里的灯整夜整夜地亮着。军直机关的电台设在上三湖，卫生所设在下三湖，而部队的战士除警卫部队驻扎在指挥部周围外，其余分驻在下三湖、上森水、西山脚下等地方。

当时司令部仅有一个警卫连。去下森水的村口、议合的雀鸣山路口、富合的村口分别挖了战壕，分别有一个警卫排把守。由于安全保密工作做得好，日军几次“扫荡”，都没能进到森水村，就连日寇的飞机也曾多次来森水地区侦察，还投了好些炸弹，把炸弹投在了南雀鸣山的向北方向，有的炸弹炸了，有的没炸。

为了解决部队刚来时的缺粮问题，村里就把全沟还未成熟的玉米掰了都给部队吃了，解了燃眉之急。村里成立了担架组、运输组、缝纫组等。担架组是村中八名青壮年组成的担架队，随时准备随八路军主力出发。运输组负责为部队运输急需物资。缝纫组由村中的妇女组成，专为前方战士做军装，做军鞋，仅两个多月就接了五次做军鞋任务，经加班加点，出色地为部队做了百余双军鞋，受到了部队战士的交口称赞。为了表扬他们，部队还奖励了村里一部分做鞋的原料，如麻坯子、粗布等。

在军区机关驻扎森水村的日子里，随部队前来森水村的，还有边区抚育院的儿童，在村里都分到了村民家中。有的人家负责一个，有的负责两个。转眼到了 9 月底，部队转移去了新的地方。挺进军领导机关虽然住了不足三个月的时间，但对部队与村民的鱼水之情森水村老百姓至今仍记忆犹新。

萧克等部队首长及机关人员住在森水村，虽然日军派出飞机侦察，派特务刺探情报，但一直不知道挺进军领导机关隐蔽在那里

房良联合县第一个党支部

共产党领导的人民抗战是抗击日本侵略者的无敌力量，村党组织则是共产党坚持人民抗战的战斗堡垒。

霞云岭乡的上石堡村，是一个普通的小山村。在抗日斗争的艰苦岁月里，中共房良联合县委在上石堡村建立了房良联合县第一个村党支部，在大房山竖起了抗日斗争的旗帜。

1938 年 5 月，晋察冀八路军五支队，派郭方等人在长操村建立了房良联合县抗日民主政府。组织部部长赵然与上石堡村的进步青年于进琛结识。两个热血青年志向相同，相见恨晚。不久，赵然就介绍于进琛加入了中国共产党。于进琛在村中宣传共产党八路军，宣传抗日，发动和组织群众积极抗日。

在赵然、于进琛的影响下，村民对共产党、八路军有了比较深入的了解，

王兴云、李甫贵、谢景申、郑修贤、王水、谢景河等六人先后由赵然介绍加入了中国共产党。经中共房良联合县委批准，1938 年 6 月，上石堡村秘密成立了党支部。支委会由于进琛、谢景河、王水三人组成，于进琛任支部书记，谢景河任组织委员，王水任宣传委员。村里公开的组织是抗日救国会，李甫贵任农会主任，谢景河任农会副主任，王兴云任村武委会主任，谢景申任青年主任。村里成立民兵组织后，李甫贵兼民兵中队长，王兴云任民兵指导员。

上石堡村党支部成立后，积极带领群众开展反资敌、夺权、减租减息、救济穷人、向上级党组织报告敌情等活动。

上石堡村是个佃户村，村中共有 530 亩耕地，地主富农就占有了其中的 380 亩。村民每年要交地租 231 石，以村长赵琪、会计王洵为首的伪政权用手中权力，不断向村民摊粮派款，资助南窖据点的日伪军。他们还从中克扣、贪污，群众对此非常气愤。党支部决定打掉这个伪政权。他们在群众中秘密做工作，检举揭发伪政权的罪行，带领群众与伪政权展开了针锋相对的斗争。在村民的呼吁声中，村政权不得不重新进行选举，结果于进琛被群众选举为村长，原来的伪政权被彻底颠覆，从此上石堡村政权被中国共产党掌握。

1939 年的 2 月至 6 月，日本侵略军对平西根据地连续进行了两次大“扫荡”，上石堡村所在的九区成为第二次“扫荡”的主攻目标。上石堡村村民饱受其害，深受其苦，再加上夏季发洪水，秋季闹虫灾，庄稼几乎是颗粒无收，村民生活到了难以为继的程度。党支部决定让农会出面跟地主进行减租谈判，反反复复，最终谈判成功，当年减租 40 多石。在此基础上，村里还成立了粮食借贷所，向地主及富裕农民争取粮食 4000 多斤，借给村民。

1940 年“一区事变”中，上石堡村党支部遭到破坏，于进琛、李甫贵、王兴云、谢景申四名共产党员被日伪军抓捕后残忍杀害，上石堡村党支部也暂时停止了工作。

“野火烧不尽，春风吹又生。”1941 年 3 月，房良联合县九区组织委员王荣善到上石堡村开展工作，发动群众，开展斗争，组建了新一届党支部。自此，这个中国共产党在房良地区的第一个党支部，始终在中国共产党的领导下，发挥着战斗堡垒作用。

“六善会”改编为九团三营

房山县、良乡县农村，历史上就有各种各样的社团和帮会。日军侵占房山、良乡两县后，在短短的几个月内，从西部山区到东部平原，各种地方武装风起云涌。河路沟从千河口到堂上村，各村出枪出人，建立了自卫组织“六善会”，司令是平峪村晋汉臣。

1939 年 2 月，冀热察挺进军成立后，整编了各县地方武装组织，组建了平西游击支队，司令员黄光明，政治部主任张汉民，总支书记高克恭。平西游击支队下设五个大队。河路沟的“六善会”被改编为特务大队，晋汉臣为特务大队队长。特务大队下设三个连，共计 300 余人。

为了使特务大队真正成为共产党领导下的一支抗日武装，1939 年 5 月前后，平西游击支队曾先后两次派人到特务大队做晋汉臣的工作，都因方法不当，没有成功。5 月底，平西游击支队司令员黄光明派支队总支书记高克恭到特务大队工作。

高克恭到了特务大队后，积极向晋汉臣宣传共产党的抗日主张，并了解了晋汉臣讲义气、爱国、爱民的性情品质。晋汉臣也感觉到高克恭的真诚，便提出与其结拜为兄弟的要求。高克恭请示黄光明后，正式与晋汉臣结拜为兄弟。

通过深入沟通，高克恭取得了晋汉臣的信任。高克恭对晋汉臣队伍中的封建意识和管理上的旧军阀作风进行了整顿，对晋汉臣思想上的疑虑和恐惧心理进行了逐步化解。高克恭还把红军中一些共产党员英勇作战、不怕牺牲的事迹讲给晋汉臣听，使他提高并加深了对共产党的认识，并向高克恭提出在部队中发展党员的请求。经上级党组织批准，高克恭在部队中公开了党的活动。

经过一系列思想政治工作，高克恭成功收编改造了特务大队，使这支地方武装，成为共产党领导下的一支抗日力量。1939 年 11 月，挺进军改编，特务大队正式编为挺进军九团三营，晋汉臣任营长，高克恭任教导员。这个营的战士大部分是十渡地区的子弟，因此也被称为十渡营。这支部队熟悉本地，善于山区作战，在与日军作战中表现英勇顽强。就是九团三营这支部队，1940 年底，由马安刘德森担任突击队长，乘夜色攀爬到三角城岩崖下隐蔽待命，待战斗打响，迅速攀上山顶，一举攻克三角城，拔掉了日伪军在霞云岭地区的据点。

巧退日伪军

1938 年 11 月，邓华司令员率三十一大队由冀东回到平西后，进驻霞云岭地区，大队部就驻在堂上村。大队派出四个小队，分别深入到龙门台、四马台、庄户台、北直河四个村，开展对敌斗争。其中由杨队长带领的 20 多名八路军战士，住在北直河村公所的大院里。

一天，日伪军 200 多人到霞云岭地区进行“扫荡”，很快进入北直河村的杏儿地，那儿是进入北直河村的门户。日伪军到这里，先把十几户村民的房子点着。顿时，杏儿地上空黑烟滚滚，火光冲天。北直河村东大岭坡上的八路军岗哨，火速报告了杨队长。

由于日伪军来得太多，如果硬打一定吃亏，还会给村里群众带来灾难。杨队长决定把日伪军引进山沟，在运动中消灭他们。村里的民兵也行动起来，组织群众转移。杨队长带领八路军战士出了北直河村，来到了村东黑峰涧沟口，并很快埋伏在沟边，打算从这里把日伪军引进沟，带上黑峰涧台，再从黑峰涧台把敌人赶走。

日伪军气势汹汹地向北直河村扑来。日伪军刚接近杏儿地沟口，杨队长大吼一声：“打!”顿时，从沟口传来一阵猛烈的枪声，走在前面的伪军应声倒下三四个。日伪军被这突如其来的射击吓晕了，呼啦一下都趴在了地上，有的以山石为掩体，寻找目标准备还击。

杨队长趁敌人还没有反扑，命令战士们立即停止射击，迅速向沟里撤去。鬼子小队长见沟口没有了枪声，也不敢往前走。他命令两个伪军前去查看，自己却吓得躲在一块石头后面，连头也不敢抬。

两个伪军端着枪，战战兢兢地向沟口摸去，等他们走到近前一看，连人影儿也没有，其中一个跑回去，很快报告了鬼子小队长。日伪军立即向黑峰涧沟扑去，追击撤退的八路军。

杨队长他们撤一阵，打一阵，把日伪军拖得疲惫不堪，就是追不上他们。日伪军虽然进行了猛烈射击，但是由于山地地形复杂，只看到子弹在沟边或岩石上飞舞，冒出一串串火星，就是打不中目标。有一颗子弹被山石弹回后还打伤了一个日本鬼子，气得鬼子小队长一阵阵嚎叫。日军小队长恼羞成怒，用小钢炮轰炸八路军。几声炮响，只见黑峰涧沟山石飞舞，浓烟滚滚，不一会儿枪声停止，鬼子就又抬着小钢炮向沟里追赶。

杨队长料定日伪军会用山炮轰炸，所以向日伪军一阵射击后，很快向黑峰涧沟的上方奔去，把日伪军甩在了后面，并迅速到达了黑峰涧台的主峰。黑峰涧台是霞云岭地区的一座有名的山峰，它西临北直河村，北靠宛平四区史家营，东临长操的贾峪口，如果往北直河的方向走，还会把日伪军引进村子，如果往史家营的方向走，那里的百姓也会遭难，只有沿山梁往东向贾峪口的方向撤退，才能把日伪军从贼遇沟带出。

杨队长命令两名战士沿山梁往东撤，吸引日伪军，其余战士从东山梁下去，抄小路绕回黑峰涧台主峰，抄敌人的后路，给日伪军以沉重打击。

两名战士轻装上阵，埋伏在黑蜂涧台东侧的一排树丛后面，等待日伪军到来。杨队长组织战士们向日伪军进行了一阵射击，然后快速从东山梁抄小路向黑峰涧沟运动，准备抄敌人的后路。

日伪军一个个满头大汗，气喘吁吁地爬上了黑峰涧台主峰，刚要寻找目标的时候，藏在树丛后面的两名战士抬手向敌人“叭——叭——”就是两枪，并向敌群甩出一颗手榴弹，然后拔腿就从东山梁往下跑去。鬼子小队长见有了目标，指挥日伪军一窝蜂似的追赶那两名战士。因为是往下追，日伪军很快翻下了东山梁，进入和贾峪口接近的贼遇沟中央。

这时，杨队长率领战士已经沿小路绕回了黑峰涧台主峰，一个个像猛虎下山一样向敌人追击，不一会儿就接近了敌人。

日伪军追到贼遇沟中央，见又没了人影儿，正在东张西望时，突然身后传来一阵激烈的枪声，还没等他们明白过来，就见山上滚下来无数块大石头，直向他们砸来，当场就有三四个日伪军被砸下了山沟。日军小队长带着残兵败将退向贼遇沟口，狼狈地向河北据点逃去。

这次战斗，八路军牵着日伪军在黑峰涧沟转了一圈儿，共打死鬼子五人，伪军七人，打伤多人，缴获三八大盖儿五支，甜瓜手榴弹十二枚，还有鬼子小队长那把东洋刀。全小队除一个战士不小心把左腿划破外，其余无一伤亡，而且使北直河村免遭了一场劫难。

度过根据地最艰难时期

平西抗日根据地，是插进华北日伪统治中心的一把尖刀，日本侵略者要拼尽全力摧毁它。1940 年 10 月，一万日军分十路，向平西抗日根据地进行了残酷的报复性大“扫荡”。房良地区侵华日军分兵三路进行“扫荡”，并在军事上、政治上、经济上采取了全面的封锁进攻。从 1940 年秋季“扫荡”，到 1941 年 2 月，日军在平西地区新增加的据点就达 40 多个。根据地进入了最艰难时期。

日军实行所谓“囚笼政策”，就是以铁路为柱，公路为链，碉堡为锁，辅以封锁沟、封锁墙，从敌占区向抗日根据地构成网状的“囚笼”，以包围并摧毁目标。从 1941 年 6 月开始，日军就在其统治区内强征大量的人力、物力、财力，在平西抗日根据地西南的房山山区与平原的交界处，在京汉铁路西与拒马河之间（涿县、高碑店、涞水县）的地区，分段修筑封锁壕、封锁沟，在平西的东南方向形成了交错的两道封锁，妄图隔断冀中与平西的军事、经济、政治联系，把根据地困死。

从房山周口店至张坊的封锁壕，也叫“防共壕”，日军称之为“惠民壕”。房山一段的壕沟，北起周口店，蜿蜒南伸，经娄子水村西、黄元井村北，转而向西，经北正、蔡家口、北白岱、史各庄到张坊，再向南入涞水境内石亭，长 35 公里。封锁壕一般宽一丈五尺，深一丈八尺，动土 100 万方。沿途每隔 3 至 5 里修建一座岗楼，除重要岗楼由日军驻守外，其余均由伪军驻守。

日伪各县警察联合行动，沿昌宛房及房涞涿根据地边缘地带设“封锁卡”和“封锁线”，对平西抗日根据地实行了严密封锁。

日军对靠近抗日根据地的村庄，实行严密的经济物资封锁，强制实行物资配给制度、封仓验囤、计口授粮，将日常生活用品，如火柴、食盐、棉花、白布等，严格按户和人头配给，严禁日常生活用品进入抗日根据地。

日军加紧“扫荡”根据地，实行野蛮的“三光政策”，大肆掠夺、抢光老百姓的财物，烧光村里的住房，使老百姓和抗日根据地军政人员没有粮食可吃，没有衣服可穿，没有牲口可以使用，没有劳动工具进行生产，没有房子居住，妄图彻底摧毁抗日根据地。

平西“抬头见岗楼，迈步登公路，无村不戴孝，遍地是狼烟”，呈现出一片触目惊心的凄惨、悲凉景象，根据地军民蒙受了极大的损失。房涞涿根据地大部分被日伪军占领。三区的张坊一带，这时已由游击区变为敌占区。当时巩固区只有二区、九区和一区的几十个村庄。根据地进入最为艰难的时期。

1940 年前后，平西人口仅有 20 万，所产粮食除供给本地居民外，一般还能保证 6000 人的粮食供给，但实际负担达到 11350 人。根据地的粮食、布匹、盐等生活必需品，必须由其他地区运来。根据地没有粮食吃、没有食盐，群众只能吃些树叶、野菜；县、区机关没有食堂，干部到群众家吃“派饭”，也只是喝野菜粥。前线战士每天给 5 两（当时 16 两为一斤）黑豆作为口粮，还要求每天节约一两支援地方群众。根据地连年大旱，部队下令，不准到村边、河边采摘杨树叶、榆树叶，不得与民争食。

在中国共产党领导下，根据地党政军民不怕牺牲，英勇奋斗，终于战胜了日伪军的全面封锁，建设巩固了根据地。

抗日模范村马安

红色马安有一面“抗日模范村”锦旗，是平西抗日根据地最困难时期，房涞涿县政府奖给马安村的。这是马安村的骄傲，也是平西抗日根据地抗日军民的骄傲。

1940 年秋，抗日战争进入十分艰苦的阶段。日军分成十二路对平西进行大“扫荡”，其中一路从涞水的石亭出发，向十渡、马安、蒲洼一带进犯。设在马安的房良县政府与大部队被迫转移。当时十余万斤粮食需要坚壁，大批文件需要处理，八路军的四十几个伤员也必须转移，这些艰巨的任务自然压在了马安村党支部和乡亲们的肩上。全村百姓在党支部领导下，克服了种种困难，以最快的速度将十八万斤粮食坚壁了起来，将文件进行了隐藏，又及时地把四十多个伤病员转移到山上做了妥善安排。

马安东山的石梯是从十渡到马安再到霞云岭的一条重要通道，赵然等抗日干部往返一区开展工作，都要经过石梯、康尔栈，马安村干部多次接送有肺病的赵然同志上山、下山。为了阻断一区与县委县政府的联系，日军在马安村的东山上建立了据点，居高临下，直接监视石梯山道的一切行人，监视马安村和十渡村一带的情况，还经常在山上扔手榴弹，恐吓村民。

县委要求马安村党支部除掉岗楼。村干部研究决定，要尽快把东山上日军的炮楼的端掉。日军在山上，山下的情况看得很清楚。白天上山端炮楼难度很大，村干部决定夜间偷袭。经过前后两次侦察，秋末的一天夜里，由村长刘德忠带领 13 名民兵，扛着木棒、镐把，乘着夜色向石梯爬去。十几个人摸近炮楼，把炮楼紧紧围住，最终端掉了炮楼，消除了隐患。

1941 年秋季，日伪军在西庄村建了临时据点。驻守在十渡西庄据点的日军派汉奸到各村送信，要求各村给日军送粮送款，如若不从，就杀个鸡犬不留。面对日军的残酷暴行，马安村村长刘显彬召集党员研究对策，全体党员一致表示：宁可让日军进村洗劫，也坚决不当亡国奴。要抗战到底，决不资敌降敌。为防止日军进村烧杀，村党支部组织群众做好坚壁清野，随时准备歼灭入侵的日军。

在日军发出信的第三天拂晓，日军在汉奸的带领下，向马安村扑来。由于大多数群众早已转移，日军扑了空，既抓不到人，又抢不到粮，便气急败坏地挨户放火，烧毁房屋 470 余间。

为了表彰马安党员干部群众的先进事迹，1941 年秋天，房涞涿联合县政府在十渡西庄村口的龙王庙召开授奖大会，县长王天瑞亲自将绣着“抗日模范村”的锦旗交给了马安村代理村长刘占臣。这是在反“扫荡”中房涞涿抗日根据地的第一个抗日模范村。

铜帮铁底一条船

这是房良抗日根据地平峪渡村发生地真实的历史故事，是十渡人民与冀中五分区、十分区人民共同抗日的一段佳话。

抗日战争时期，中国共产党建立了冀中抗日根据地。根据地有一个五分区，后来改名十分区。五分区成立以后，就在平峪村和前后石门村建立了后方基地。日本鬼子探听到消息，对前后石门和平峪村进行“扫荡”，妄图一举摧毁八路军的后方基地。

我们的地下情报人员，提前探听到了日军要“扫荡”的消息。上级命令后方基地的人员紧急转移，命令平峪村党组织动员干部和民兵，帮助后方基地实行坚壁清野，确保军用物资安全。村党组织紧急组织村干部和民兵，趁着黑夜，分几处坚壁八路军十分区的军用物资。

首先是埋藏好枪支。现在的学校校园在当时是黄土坎，村民垒墙、盖房都到那里取黄土。民兵在土坎里挖出一个大坑，把枪塞进去埋好，外面把黄土坎上的土刨下一些，就如同有人取过黄土。

当时正是秋天，党组织和民兵有不少的土地都要进行秋耕。村党支部和民兵都很机智聪明。一个村干部的地比较平，他们就在这户村干部的地里，深挖几个坑，把十分区印刷厂的 4 台石印机、铁工厂的加工机械、制造中的手榴弹、地雷等，分别埋进地里。第二天天蒙蒙亮，这位村干部便套着牛耕这块地，又用盖把耕过的地盖平。没有一点埋过东西的痕迹。同样的办法，另一名党员的地里埋着十分区八路军军装 500 余套。

当时，掩埋难度最大的是十分区的 4 万斤粮食和平西部队的 4 万斤粮食。同样方法，先挖深坑，把挖出来的土运到别处去，然后把粮食放进坑里埋好，再用牛把整个地块翻耕，用盖盖平，把上下几块地同时耕好。从远处一看，就是秋天刚耕过的地。当时，最大的坑埋粮食 1 万斤以上。

日伪军在平峪村搜查了一天，没有得到一粒粮食，没有得到一件军用物资。十分区领导从外线作战回来，看到枪支、弹药、粮食、机械、服装无一丢失，伤员痊愈，身体健壮，对此给予了高度赞扬和鼓励，称呼平峪人民忠于民族解放和抗战事业。

部队首长说：“咱八路军和老百姓是铜帮铁底一条船。”

从此，“八路军和老百姓是铜帮铁底一条船”在平峪村、十渡地区流传开来。

五分区副司令员平峪避险

抗日战争时期，平西地区特别是十渡地区始终是冀中抗日根据地五分区（后来是十分区）的后方基地。

1938 年 4 月，中共冀中区委员会成立；5 月，冀中主任公署成立；10 月，冀中军区划定平津保三角地区为冀中军区第五军分区，宛平、大兴、良乡、涿县划归五分区。1940 年 8 月 1 日，五分区改称晋察冀第十分区。1939 年 11 月（前后石门资料为 1938 年底，涞水县资料为 1939 年 11 月，朱占魁资料为 1940 年 4 月），五分区在平西建立留守处。一部分在涞水县高庄，主要是部队家属，一部分在前石门、后石门、平峪村等，主要是被服厂等军工部门，被称为八大处。

1940 年 4 月，华北日军扫荡冀中五分区，冀中五分区副司令员阎立宣奉命到平西石门主持军分区后方留守处的工作。部队作战，家属不能随营，住在高庄一带。由于叛徒告密，日伪军进攻，55 岁的副司令阎立宣和朱占魁 57 岁的父亲，带着几十口老老少少，绕山道而行，向平峪村方向转移。

由于日伪军要“扫荡”前石门、后石门、平峪，一行人不敢走石门南沟，只能沿山梁前进。

队伍中，有 60 多岁的缠足妇女，有刚出生两三个月的婴儿，有接近产期的孕妇，且都是平原人，没有见过山，更没有爬过山。在高度紧张的情况下，爬越重重高山更为困难。一天，一行人爬到一个山坡上。阎立宣实在走不动了，靠着一块大石头坐下来，慌忙让战士陈宝山从褥套里拿出一根白菜帮儿，大口小口地吃进去才缓过精神来。群众家属们看了，心疼得抹眼泪，更增加了对日本侵略者的仇恨，增强了克服困难坚持斗争的勇气。几十位家属在阎立宣的带领下，征服了崎岖山路，到了平峪的刘财坨。当地无粮、无水，没有屋子避山风的寒冷。朱占魁的父亲带着人，趁天黑背着几个水壶下山找水。他们摸了半夜，找到一个独立的房屋，没敢去叩门，只是在旁边的泉水处装了水，摘了几个倭瓜蛋，每人吃了一个压了压心慌，把其余的几个带上了山。天亮后，每人只能吃上两片生倭瓜，喝两口冷水。一天，下山寻吃喝的人被老乡发现了，那人告诉他们，日本鬼子往外撤了，他们高兴得不得了，带着干玉米回到山上，让人们吃了，并赶紧告诉了大家这个好消息。大家劲儿都上来了，开始慢慢地下山，到了平峪村刘财军属李庆海家。

日军的“扫荡”刚过，没有别的东西可吃，李庆海一家便把山坡上的干玉米棒弄来，煮熟给他们吃，但吃不到盐。一位家属说：“这回可知道盐宝贵了，死不了，回家去可不能浪费一点儿盐啊！”

已经是深秋，大家没有棉衣，阎立宣派人找留守处的人，找出一些白布和棉花，给每个人都做了棉衣。

日伪军全部撤走后，五分区的一部分家属才离开平峪。

李公朴到马安

李公朴，字晋祥，号仆如，出生于江苏省武进县，杰出的社会教育家，中国近代史上著名的“七君子”之一，中国民主同盟会的创始人之一。1934年，他和艾思奇一起创办《读书生活》，发表了大量反对日本帝国主义侵略、抨击国民党反动派统治的文章，宣传抗日民族统一战线的思想，进行哲学、社会科学和自然科学通俗化的尝试，并且传播马列主义的一些基本知识，引导许多青年走上了革命的道路。1936 年，他创办读书生活出版社，出版了包括马克思主义经典著作《资本论》等许多进步的通俗读物。同年全国各界救国联合会成立，李公朴被推为负责人之一，他积极与东北抗日人士联系，支持抗日斗争。同年 11 月，国民党反动派竟将他与沈钧儒等七人逮捕入狱，制造了震惊国内的“七君子事件”。抗战全面爆发后，李公朴积极投身于抗日民主运动。1937 年 11 月，他与沈钧儒等积极筹建全国抗敌救亡总会；他成立了全民通讯社总社；1938 年 1 月，他出任山西民族革命大学副校长。

1939 年的 10 月 28 日，李公朴一行十人渡过黄河来到了晋察冀边区，在那里度过农历新年后，便来到了平西。

李公朴走访了涞涿联合县、房良联合县和宛平县。在房良联合县驻地马安村，李公朴视察了房良联合县抗日高小，为师生发表了热情洋溢的演讲。李公朴不怕危险，到涞涿联合县、房良联合县的对敌斗争最前沿，实地观察了日伪军的残酷统治和严密封锁。一直到 1940 年 3 月间，日寇开始对平西根据地进行大规模“扫荡”以后，李公朴才踏着硝烟离开平西。

李公朴一行在六个多月的时间内，在晋察冀边区走访了十五县、五百余村，遍访军政民各界同志，深入了解了边区工作。他们根据自己对边区的了解和认识，把看到的或听到的事实及所搜集到的各项可靠的材料组织起来，向全国媒体发出了几十篇通讯稿件。最后，由李公朴执笔，出版了风靡全国的著作《华北敌后晋察冀》，客观公正地宣传共产党、八路军。

隗合宽南窖割电线

隗合宽是房山抗日斗争中的一位英雄。

1939 年 6 月，侵华日军在房山南窖村建立了据点，入驻侵华日军 80 多人，伪军 400 多人。他们在这里修建了坚固的炮楼，并开设煤矿，架起了运煤的空中缆车，还在各炮楼和岗哨之间安装了电话机。由于通信四通八达，侵华日军用空中缆车从南窖往外运煤时，使用电话指挥调度就十分方便。侵华日军还利用电话互通情报，由于增援及时，致使八路军多次袭击南窖侵华日军据点的计划未能成功。侵华日军中队长星野曾得意地说：“就凭这四通八达的电话，八路军也休想攻进南窖。”

房涞涿联合县九区游击队长隗合宽坚决不信这个邪，他决心杀杀日伪军的威风。1942 年 8 月的一天，隗合宽带领 5 名民兵，揣着两颗手榴弹，奔走 50 里山路，来到南窖沟的黄土梁岗哨前。经过侦察，他们得知这个岗哨是通往南窖口据点的咽喉要道，由十几个伪军把守，侵华日军怕这些伪军带枪逃跑，只发给伪军头子一支手枪。这些伪军是从各村抓来的民夫，大多数不愿在这里干，只是硬着头皮在这里看守电话机。

隗合宽带领 5 名民兵没有费任何力气，就把这个岗哨的电话机拆除了。接着，他又用同样的办法，拆除了南窖上站、下站岗哨的电话机。这次出击共缴获电话机 3 部，手枪一支。隗合宽和他的队员们越战越勇，三天后又拆掉 3 部电话机。侵华日军的通信设备被破坏后，指挥失灵，缆车运煤和联系情况发生混乱。为防止电话机再遭破坏，侵华日军在电话机中都安装了两颗日本甜瓜式手榴弹，并把拉线拴在电话机的齿轮上。

隗合宽和民兵们了解这一情况后，决心连电话机带手榴弹一同缴获。一个晚上，他们就缴获 3 部电话机和 6 颗手榴弹。

在半年的时间内，隗合宽带领他的队员先后拆除侵华日军电话机 14 部，缴获侵华日军甜瓜式手榴弹 20 多枚，收缴电线 500 多公斤，致使侵华日军的煤炭生产一度处于瘫痪状态。

为了表彰隗合宽及队员们的英雄事迹，1942 年底，晋察冀北岳军区十一军分区在史家营地区的莲花庵村召开表彰大会，会上军分区领导表彰了隗合宽等人的英雄事迹，并奖给隗合宽一把枪和十发子弹。同年，在晋察冀军区战斗英雄表彰大会上，隗合宽被授予“晋察冀民兵英雄”的光荣称号，军区司令员兼政委聂荣臻还亲自奖给他一支左轮手枪。

平峪会议焕发斗志

平峪会议是房涞涿抗日根据地坚持敌后抗战的一次重要会议。

1941 年 11 月 1 日至 1941 年 12 月 25 日，日军在其占领区开展了第三次“强化治安”运动，其中心是强力统制物资，完全控制人民一切生活物资与日用必需品，实行所谓“配给制度”。此次“强化治安”，专一放在经济方面，以求得经济封锁之彻底，重要物资之增产和获得……为此，日军在其统治区内，实行了一系列“统制”措施，一切生活必需品和军用品禁止大量出境(如盐每人不许超过二斤)，甚至有的地方一定时期许进不许出；组织合作社推销非必需品（化妆品、纸烟等）到根据地；利用伪组织抢夺山货；组织“粮食组合”垄断粮食（这是第三次“强化治安”运动主要任务之一)。

面对平西的严峻形势，1942 年初，平西党委做出了明确的指示：日伪军在“总力战”（即军事、政治、经济、文化密切配合，协同进攻）的方针下，对我实行“囚笼政策”（修碉堡、挖封锁沟、加紧经济封锁，压缩我退入山地并加紧对我根据地的分割)，我们必须党政军民步调一致，以积极主动的姿态，在已有的基础上向外突围，找出日伪军的弱点与空隙，积极开展对敌伪的斗争。在武装工作上，要高度发挥游击战的效能和威力，积极向外线活动。

党的工作也必须积极地开辟外线工作，摧毁敌伪政权，破坏日伪军的经济统治，揭破日伪军的政治欺骗。

为贯彻平西地委的指示精神，1942 年 3 月，房涞涿县委在平峪召开了县区干部扩大会议，参加会议的有三十余人，会议共进行了两天。自 1941 年秋季“扫荡”后，形势日趋严峻，房涞涿根据地缩小了，三区张坊一带从游击区变为日伪占领区，实际的巩固区只有二区十渡一带。三区干部不得不到二区活动，最紧张的时候只剩区委书记范连翠一人，其余有的被捕，有的牺牲。另外，日伪军的封锁壕已大体完成，围绕房涞涿山区根据地边缘，日伪军在原有据点的基础上，又增了石亭、张坊等据点。这样，仅从涞水石亭到周口店几十公里地段，日伪军围绕封锁壕，就建了石亭、塔照、张坊、下庄、半壁店、天开、孤山口及娄子水、周口店等大小据点十几个。

在平峪会议上，房涞涿县委针对形势恶化后，一部分干部对前途失去信心，群众人心惶惶，特别是一些领导干部不敢大胆去敌区和游击区开展工作等思想状况，通过大会、小会以及会前会后机会，做深入细致的思想动员工作，具体研究如何巩固山区根据地，如何开展平原日伪占领区工作等问题。县委主要领导同志根据毛泽东同志《论持久战》的观点，结合平西的实际，反复讲解内线和外线的关系问题、包围反包围问题，指出只有开展敌后工作，打到外线去，才能巩固内线。平峪会议时间虽短，但对于稳定干部群众情绪，增强抗战信心，特别是指导根据地军民如何制定斗争策略、开展房涞涿对敌斗争，具有重要作用和影响。

这次会议中，房涞涿县委还决定组建敌工委员会，从县区干部中抽出坚强、勇敢、机智灵活的干部十余名，到日伪占领区去开展工作，力争在短期内打开局面，变被动为主动。平峪会议刚结束，县委书记贾吉平和副书记赵然就带头到最危险的地区去活动。不久，房涞涿县委机关又从平峪迁到十渡。

隗合宽除掉程子良

日伪南窖据点的伪军大队长程子良，是房良“一区事变”中的刽子手之一，他在庄户台村杀害共产党员、区长王英武等多人。后一直在房山为非作歹，叫嚣“凡活捉隗合宽者，赏银圆一千”，“凡打死隗合宽者，赏银圆五百”，并叫人画了隗合宽的头像，四处张贴。

为了杀一儆百，打击日伪气焰，隗合宽经区县领导批准，决心深入南窖据点，虎口拔牙，把程子良捉拿归案。

1943年秋天的一个下午，隗合宽带上四名游击队员，化装成赶牲口驮煤的混进了南窖村。隗合宽头戴镶着云字头的花边草帽，上身穿一件对襟漂白小褂儿，下身穿一条半旧的青布裤子，脚穿一双千层底儿布鞋，腰间暗藏着手枪和匕首。他牵着牲口在前面走，其余四名队员跟随在后面。程子良的家安在南窖村中央。程家的右面不到五十米，就是伪警察所；程家后面近百米的北山上还驻着一个日军中队。生擒程子良，不但靠力气，更要靠机智勇敢。

晚上八点多钟，伪军大队部和伪警察所里开始打麻将、押宝，街道里不时传出喧叫声、稀里哗啦的打牌声。隗合宽等五人悄悄摸到了程家大院门口。程子良做贼心虚，不但大门紧闭，临街的窗户也全部垒死。隗合宽几人见此，闪电般向程家大院临街的两间南房奔去。

这两间房块石砌墙，石板盖顶，后房沿离地有一丈多高。隗合宽紧走几步，脚再轻轻一点，双手顺势扒住了房沿石板，双臂一用劲，右脚举上房沿，一个“猿猴滚枝”，稳稳地趴在了房顶上。隗合宽趴在房顶前边，认真侦察院内的动静。程家的住宅，是一个大四合院，只有两间北房亮着灯，并不时传出一男一女的说话打俏声。

一会儿，北屋门帘一响，一个黑影走了出来。隗合宽精神一振，飞身从房上跳下，冲到黑影面前。谁料想，这黑影原来是个女人。只听那女人“啊”了一声，一屁股瘫在了地上。隗合宽暗叫不好，必须立即下手。他几步奔到北屋门口。

北屋里的程子良，刚刚抽完大烟，正歪靠在炕上闭目养神。听到老婆“啊”了一声，并没往心里去，自以为这样的深宅大院万无一失，嘴里还在骂：“深更半夜的，叫他妈什么！”但又听“哐”的一声门响，见一人扑进屋里。程子良大吃一惊，赶忙到枕头底下摸枪。可是他的动作慢了一步，隗合宽上前早一脚踩住了他摸枪的手，乌黑的枪口对准了他的脑壳。就在程子良一愣神的工夫，隗合宽很快弯腰把枕头下已经张开机头的手枪摸了出来，用双枪对准了程子良。

这时的程子良，早已失去了往日的威风，两眼盯住隗合宽的枪口，一动也不敢动。隗合宽用枪口一点，低沉而满带杀气地说："程子良，你这个汉奸，你不是要抓我隗合宽吗？我送上门来了，你打算怎么办？"

程子良哆哆嗦嗦地说："隗先生，有话好说，有话好说！你要什么我给什么，让我怎么办，我就怎么办。请饶我一条命吧！"程子良为保住狗命，恨不得趴在地上磕上两个响头。

隗合宽把双枪往腰上一插，抓起程子良的枕巾，先堵住了他的臭嘴，随即又掏出绳子，把他捆了个结结实实。最后，隗合宽抽出腰间的匕首，在程子良面前一晃，威胁地说："姓程的，跟我走一趟，如果你敢不老实，看这个！"说着，连推带拉，押着程子良出了北屋。院子里吓昏了的那个女人还瘫在地上，程子良被隗合宽押着从她身边走过时，她连看也没敢看一眼。

隗合宽打开院门，示意两个游击队员把程子良的老婆捆起来，两个游击队员按隗队长的意思捆好后，堵上嘴，将她放到屋内的炉坑里，径直追他们而去，会合了另外两名战友，立即押着程子良绕出了村。等他们走出去三里多地，才听到南窖据点里传出枪声和叫喊声。

第二天，平西根据地龙门台村召开了千人大会，我抗日军民历数了程子良的桩桩罪行。经过县政府批准，决定把伪军大队长程子良就地枪决。随着"砰！砰！"两声枪响，这个卖身投敌、为虎作伥、双手沾满人民鲜血的铁杆汉奸，终于得到了应有的惩罚。

老八路李文仲的故事

西石门村有一位老八路，叫李文仲，1925 年 5 月出生。1940 年日军"扫荡"石门平峪，烧杀抢掠，房良县组织复仇队，李文仲报名参加，走上抗日道路。复仇队后编入九团三营。1942 年腊月，九团三营两个连参加战斗，大部分战士牺牲。李文仲因腿部受伤，在孙庄子与一名战友被日伪军俘虏。

为了两位伤员不落入日伪军手中，李文仲所在的九团和七团连续展开了营救工作。

李文仲被俘的时间是腊月三十，正是千家万户过除夕的日子。就在当天晚上，日伪军把他们强行拉到一个山头上，准备喂他们的狼狗。他们刚到山头不久，八路军便向山头发起进攻。在一阵冲杀后，八路军占领了山头，把李文仲等两位伤员救下。战友们把他们背到山下，又投入新的战斗，指导员和一名看护员留下照顾两位伤员。天亮以后，指导员去联络地方抗日组织，转移两位伤员。担架队到达后，指导员告诉两位伤员，现在到处都是日伪军，要做好最坏的打算。大批日伪军向孙庄子扑来，日伪军的手榴弹、炮弹在山谷中频频爆炸，担架队被打散，指导员又去联络新的担架队。

山谷里到处是日伪军。两位伤员躲在大石头下面。正当李文仲感到绝望时，一侧的山沟来了几名八路军战士。他们带着两副门板，来救援两位伤员。要冲出山谷，用门板抬着两位伤员，目标太大。几位战士让李文仲二人，趴在门板上，双手紧紧攥住门板。战士们用绳子拽着门板，在荆棘丛生的山沟里匍匐前进。他们终于冲出了沟底，向清水镇的椴木沟转移。李文仲的手指都被磨烂了。战士把两位伤员安置在了堡垒户家里。当时村里还有一位伤员，三人一齐在老百姓家里养伤。

椴木沟曾经有挺进军多次驻守，日伪军不断对椴木沟进行“扫荡”，老百姓要不时转移三位伤员。有几次情况非常紧急，老百姓只好把李文仲三人埋藏在树叶里，他们才得以生还。一天，突然来了两个便衣着装的人，问李文仲：“你是九团的伤员李文仲吧？”

李文仲先是一愣，但立刻警觉起来。两个便衣说：“不要怕，我们是七团的。你们的部队九团去延安了，把你们交给了我们。部队派我们两个在这里找你们，已经找了半个月了。今天总算把你们找到了。”

李文仲等三名伤员终于见到了部队的亲人，非常激动。

由于几个人伤还没有好，需要继续休养。为了安全，七团两位战士，带着三人，悄悄告别老乡，昼伏夜行，穿过日伪军两道封锁线，转移到了平西后方医院。

李文仲由于腿已经伤残，1944 年退伍回到了石门村。

哥四个都是八路军

蒲洼议和村崔德秀兄弟六人中四人参加了八路军，是房涞涿联合县著名的抗战家庭。

1939 年，在芦子水村做长工的崔德秀回村担任了村复仇队的中队长，承担起民兵站岗、放哨、送信、支前等抗战任务。1941 年初，崔德秀参加了八路军，在九团侦察班担任侦察员。1942 年，日军分几路“扫荡”平西，部队派崔德秀带领一个战士到门头沟的清水地区侦察敌情。此后他多次进入八区进行侦察，把日寇在齐家庄建立据点的情况及时汇报到部队。当日军的炮楼即将完成之时，崔德秀到清水执行另一项侦察任务。当任务完成后准备返回部队时，崔德秀在清水发现炮楼里日军不多，楼外围又无设防，他抓住机会，从腰里拔出两颗手榴弹，悄悄摸到炮楼枪眼下，毅然将两颗手榴弹塞进炮楼里面，顺势就向坡下一滚，成功炸死三个日军。崔德秀仅脚后跟受了点轻伤。

1942 年底，崔德秀退伍回到了议和村，担任村治保主任、民兵中队长。他先后多次救助八路军伤员战士。一次，一个八路军战士负伤后，由村南雀鸣山处下来到了议和村，被崔德秀发现后，立即将其背到家中，然后再转移到村后的山洞中。等紧张的形势过后，才将他安全地送到部队。又一次，一个得了重病的八路军战士来到议和村被崔德秀收养在家中，一连住了八天，直到战士病情缓解后才被送回部队。两年后这位战士亲自来到议和村向崔德秀表示感谢。

1942 年，崔德秀三弟崔德春参加了八路军，在狼窝战斗中负伤后，惨死在鬼子的屠刀下，牺牲时不足 21 岁。

1943 年，崔德秀又把四弟崔德来送到部队，参加了八路军。崔德来在部队不幸染上重病，留在了马安村治病。由于医疗条件差，弟弟已病入膏肓，牙关紧咬滴水不能进。部队派人通知崔德来的家人速来马安村。崔德秀和部队领导商量，把四弟的病死马当作活马医。老乡们把崔德来抬到百姓家的热炕上，用筷子撬开崔德来的口，把热米汤灌下去，崔德来奇迹般地醒了，老乡们又加用药熏，终于把崔德来从死亡线上拉了回来。康复后崔德来又回到了部队，直到新中国成立前夕才退伍回村。

1944年初，议和村分配到两个征兵名额，身兼村治保主任和民兵中队长的崔德秀，毅然决然地又把自己的五弟送到了八路军部队。在征兵工作会上，崔德秀说道："当兵光荣，打日本是我们每个中国人的责任。今年征兵，我作为村干部坚持我家出一个兵。"

从1940年到1944年，崔德秀一家弟兄六人先后有四人参军入伍，三弟为革命事业英勇献出生命，其余弟兄三人有的负伤，有的积劳成疾，都为抗日战争的胜利做出了无私的奉献。

方舒西河历险

方舒，1941年任房涞涿二区区长助理，1944年任房山区四区区长。1941年8月13日，日军"扫荡"十渡。方舒当时患有疟疾，带病到前、后石门村，动员群众"坚壁清野"，准备反"扫荡"。工作结束，他在返回区公所的途中，疟疾复发，昏迷在路旁。恰好区委书记刘德湘从平峪村开会返回区里，见到生病的方舒，便把他交给西河村的村长。

方舒进入西河南沟隐蔽。南沟里还有冀中十分区的12名重伤员和一名护士，被地方"坚壁"。方舒告诉伤员同志："敌人已经到了十渡。西庄和西河仅一河之隔，千万要提高警惕。"

夜幕降临，方舒回西河村里找村长了解敌情，却怎么也找不到，只好住在了村长家里。晚上，村长的老母亲突然急促地推醒患病的方舒："你快走！要爬到山上去，越远越高越好。"老人说完疾步而去。老人的异常举动，使方舒预感到不妙。

方舒的疟疾还没好，他只觉得天旋地转，几乎栽倒。但是无论如何不能停留，他在崎岖的小河沟里，深一脚浅一脚地走着。天将破晓，他左找右找，才找到那位护士。护士对他说："钻入森林和山上隐蔽，越远、越高越好。"

方舒有气无力地向山崖处爬，衣服被撕破了。不知爬了多久，他依偎在悬崖峭壁处，动弹不得。方舒捡来一些石块，准备预防不测。约近中午，从沟底传来枪声和狗的狂叫声，还不时传来伤员们悲壮的高呼声。12名伤员同志和年轻的护士，全被日伪军杀害了。

夜幕中方舒踱出南沟。在西河村外，他遇到村机要员，得知敌人都奔石门方向去了。于是，方舒匆匆奔向拒马河边，准备过河去马安。拒马河水漫过方舒前胸，他几次跌倒在河水中，但终于勉强爬上对岸。

好不容易摸黑走过十渡村北，冷不防传来一声大喝："站住!"方舒一惊。原来是站岗的民兵，他告诉方舒说："你要上马安村，大路上埋有地雷，要顺河边走。"

仅八里路，方舒却走了近两个小时。拂晓时，方舒终于在马安村见到区委书记刘德湘和马安村村长刘占臣。方舒把南沟惨案作了简要汇报。

反"扫荡"胜利后，二区书记刘德湘带领除奸队抓住了叛徒。那个村的村长当时要把方舒送给敌人请功，多亏那位善良的老大娘大发慈悲之心，方舒才幸免于难。后来叛徒被处死，替西河南沟死难的烈士报了仇。

曹火星谱写《没有共产党就没有中国》

世上绝没有无缘无故的爱，也绝没有无缘无故的恨。曹火星能够创作红歌，正是他深入平西抗日根据地战斗实践的艺术结晶。

曹火星是河北省平山县西岗南村人。虽然生在农民家庭，因父亲和大哥都受过中等以上教育，村小学里教他的老师又是一名共产党员，所以他自小就受到了一定程度的进步思想熏陶。

1937 年，13 岁的曹火星刚考入保定中学，抗日战争就爆发了。曹火星辍学回乡参加了抗日斗争，担任本村的青年救国会主任。1938 年春节后，曹火星到平山县农会工作，同年四五月间被调到平山县青年救国会的宣传队铁血剧社。随着剧社发展扩大，党组织送剧社队员们去华北联大文艺学院学习。经过进修深造，曹火星迅速成长为一名抗战文艺战士。

1942 年 5 月 2 日至 23 日，毛泽东亲自主持召开延安文艺座谈会，发表《在延安文艺座谈会上的讲话》，号召："中国的革命的文学家艺术家，有出息的文学家艺术家，必须到群众中去，必须长期地无条件的全心全意地到工农兵群众中去，到火热的斗争中去，到唯一的最广大最丰富的源泉中去。"这为广大革命文艺工作者指明了前进方向。

1943 年，19 岁的曹火星担任了晋察冀边区抗日救国联合会群众剧社的音乐组组长。为粉碎日军对抗日根据地的“扫荡”，群众剧社化整为零，深入到群众中开展文艺活动，宣传党的抗日主张。曹火星和战友深入到平西抗日根据地房涞涿联合县，组织村里的文艺宣传队唱歌、排戏，书写抗日标语，开展抗日宣传工作。平西根据地人民丰富多彩的文艺表现形式，特别是霸王鞭表演，深深影响了曹火星。平西抗日军民的伟大斗争，以及对共产党的深厚感情，也深深鼓舞了他。延安《解放日报》《没有共产党就没有中国》的社论，强烈激发了曹火星的创作欲望。

10 月的一天，曹火星和队友深入到房涞涿联合县一区堂上村开展抗日宣传工作。在堂上村小庙的东屋，队友们都睡了，曹火星盘坐在土炕上，在小油灯下专心致志地进行词曲创作。参加抗战以来，特别是在平西抗日根据地目睹广大人民群众在共产党的领导下，反“扫荡”、反封锁，开展根据地建设的生动现实，曹火星心潮澎湃，激情涌动，一个紧扣时代脉搏的伟大歌曲的歌名诞生了——“没有共产党就没有中国”。

文艺要为工农兵服务，要创作人民群众易学易唱喜欢唱的歌曲。

曹火星灵感涌动，适合于用进行曲演唱的歌词创作成功，适合于平西人民演唱风格的曲谱创作完成。“没有共产党就没有中国，……他坚持抗战六年多，他改善了人民的生活。他建设了敌后根据地，他实行了民主好处多……”曹火星反复诵读，反复哼唱。经过反复修改，伟大的《没有共产党就没有中国》诞生了。

曹火星立即教儿童团演唱，教村民演唱，深得抗日军民喜爱。歌曲迅速在堂上村唱响，在房涞涿唱响，在晋察冀唱响。随着人民解放军解放全中国的雄伟步伐，歌曲迅速在全中国唱响。

1950 年的一天，毛泽东在中南海听到女儿李讷唱“没有共产党就没有中国”，就提出来这句话不科学、不准确。应该在“中国”前面加一个“新”字，即“没有共产党就没有新中国”，这样才符合历史事实。从此，伟大的《没有共产党就没有新中国》在全中国从 20 世纪 50 年代唱到改革开放，唱到中国特色社会主义新时代，成为经久不衰的经典旋律。

寨道安的故事

据老人传说，西太平与蒲洼相连的山上，有一座山叫大寨坨。大寨坨曾经是一座山寨，住着一伙被官府通缉的族人，他们不服官府欺压，为躲避灾难，走进大山，在这里占山为王。山寨自然条件好，有肥沃的土壤，可以种谷子、种玉米、种倭瓜豆角。山寨的道路崎岖险恶，易守难攻，的确是一夫当关万夫莫开。寨主为了祭奠祖先，传续香火，还在山上修了家庙。

据老人传说，由于山高路险，修庙用的材料，先用驴骡搬运到山下的拴马桩，再用人背羊驮，运到山上。特别是山上用的砖，主要是靠大羯子羊驮上山。每天人们赶着羊群到龙王庙饮水，饮完水后，每只羊驮上两块砖，运送到山上。

后来，山上来了一位道士，很有修行，在河路沟都有名声。山上的香火很旺，但每到旱季，山上没有水，道士便种了很多亚葫芦，在亚葫芦里装上水，用大羯子羊往山上驮。再后来，人们便把那里称为寨道安。

寨道安世世代代有人居住。民国时期，刘占全一家住在寨道安。1941 年秋天，日军在西庄修了据点，千方百计寻找八路军主力决战。当时有五位八路军首长就住在寨道安。刘占全把自己家的一口猪宰了，给几位首长吃。

首长说：“你这猪肉里为啥没有放盐呀?”

刘占全回答说：“日本鬼子封锁根据地后，没有地方买盐，只好清水煮着吃，我们有一年没有盐吃了。”

首长没有说什么，他马上给警卫战士发出指示。很快，一名八路军战士给刘占全家送来了一升盐。刘占全非常感激。那时节，十口猪也换不来一升盐啊。

1941 年秋天，八路军九团主要隐蔽在六合、卧龙、东西太平、森水等村里。西太平村里住有挺进军九团的部队，刘占全每天要到村里出公差。晚上很晚才回家，还要从拴马桩背水回家。八路军首长了解情况后，就让战士每天到山下背水。

新中国成立后，八路军首长派人到西太平看望刘占全，但具体地名没写对。来访的人在山下的石头上刻下一行字：老乡，你们去了哪里？

抗日母亲王芝

民兵英雄隗合宽的母亲叫王芝，是一位积极投身于抗日斗争的女模范，当时被中共房山县第八区区委书记霍梁同志称为“抗日母亲”。王芝有三个儿子，隗合成、隗合宽和隗合水。隗合水一岁时，父亲因病无钱医治不幸去世。王芝毅然挑起了养活全家人的重担，在上石堡村赢得了人们的尊重。

隗合成19岁时，抗日战争爆发。于进琛开办抗日民校，积极宣传抗日主张，王芝也积极参加了民校的学习。她把合成叫到身边，慈祥地说：“合成，日本鬼子很快就要打到咱们家门口，娘不打算给你娶媳妇了，想送你去参加八路军，去打日本鬼子。”就这样，王芝把大儿子隗合成送到七团，当了一名光荣的八路军战士。王芝送子参军的举动，受到了当时房良县政府的表扬。隗合成没有辜负母亲的希望，他英勇杀敌，作战顽强，多次受到部队嘉奖。新中国成立后，隗合成才光荣转业到地方。

对于二儿子隗合宽，王芝鼓励他积极参加抗日，向他大哥学习，多杀日本鬼子，为全村全家增光。1941年3月，19岁的隗合宽加入中国共产党，任房涞涿九区武委会主任、抗联主任。他经常带领游击队员活跃在敌占区南窖一带，打鬼子、除汉奸、摘电话、端炮楼，搅得日本鬼子不得安宁，令日伪军闻风丧胆。鬼子们四处张贴布告，要悬赏捉拿他。隗合宽成为华北地区的抗日民兵英雄。

王芝教导下的小儿子隗合水，从小参加抗日组织，积极投身于后方工作，帮助救国会组织完成征军粮、做军鞋等工作，多次出色地完成了上级下达的任务，受到了同志们的赞扬。王芝经常自豪地对村里人说：“我辛辛苦苦拉扯大的儿子，没有给隗家丢脸，我也对得起他们死去的父亲了。”

当时，经常有领导和同志来隗合宽家开会。每到这时，王芝又烧水、又做饭，把家里最好的东西拿出来给同志们吃，从没有过任何怨言。大家开会的时候，王芝就坐在门口假装做针线活，为大家放哨，观察周围的情况，有时还为开会的干部缝衣服，做布鞋。一次，县政府的几位同志到隗合宽家开会。王芝忽然听到村外有一阵杂乱的脚步声由远而近，她感到情况紧急，假装用锥子扎破了手指，叫喊起来："唉哟！没良心的东西，把我的手指都扎破了！"屋里开会的同志听到喊声，立即隐蔽起来。

四个伪军到屋里抢东西，还把王芝绑了起来。趁伪军在屋里乱翻，隗合宽端着枪，跳出地窖，从前门进入院中，大喝一声："不许动！把手举起来！你们不是要抓隗合宽吗？我就是！"地窖里的几个同志听到屋里的动静，立即奔出地窖，冲到屋里，收起了靠在炕沿上的四条枪。

区委书记霍梁对这四个人进行了教育，决定放他们回去。王芝喊了一声："站住。"四个伪军一看，吓得汗都出来了，心想这下完了。

王芝到墙角下摸出几块白薯，对他们说："别的东西，我家里也没有了。这几块白薯，你们带着路上吃。回家以后好好照看老人，千万不要再当伪军了。"

四个伪军感动得流下了眼泪，连连说："大娘，我们对不起您老人家。我们真该死呀！"

四个伪军回去后不久便弃暗投明，就参加了八路军。

马安村民热心救助伤员

共产党、八路军打日本鬼子，马安人民就拥护共产党、八路军，就用生命保护共产党、八路军。

1940 年 10 月的一天，突然从马安村村口传来一阵枪声，群众带上些简单的用品，向山里跑去。日军"扫荡"前，村里已经通知各家各户，实行坚壁清野。所以，当听到枪声以后，群众们没有耽误半分钟，很快地撤到了山里。

马安村当时的粮贸干事、共产党员隗甫林同志此时正患重病，身体很虚弱，他和抱着小孩的妻子正缓缓地向山里走着。

突然有人喊："老乡，快跑，鬼子进村了！"

这一声喊，把隗甫林吓了一跳，他的妻子赶忙躲到了青篙子后面。隗甫林举目四望，却不见半个人影。

“老乡，别怕，我是八路军，鬼子进村了，快跑吧！”

隗甫林循着声音望去，发现在一墩青蒿子后面坐着一位身穿灰军装的八路军同志。隗甫林赶忙走过去，他的妻子听说是八路军，也跟了过去。

“同志，你为什么不走？”隗甫林奇怪地问。

“我挂花了，你们赶快走吧。”

“伤口在哪儿？快让我看看。”

“在这。”八路军同志指着左腿说。

“哎呀！”隗甫林同志一看，不觉倒吸一口凉气，在左腿小肚子上，被鬼子机枪的四发子弹穿了几个弹孔，但很幸运，没有碰到骨头。

“同志，来，我背你走。”身体虚弱的隗甫林同志说。

“不，你们快走吧！”八路军同志拒绝了。

“快走吧，鬼子来了。”隗甫林同志的妻子说。

情况已不允许耽误半分钟，八路军同志只好答应，拉着隗甫林同志的后衣襟，一行三人艰辛地向山上爬去。

到了山里，隗甫林同志才知道，这位八路军同志名叫高来昆，是八路军某部的司令员。在刚才的战斗中，他的两名警卫员一名牺牲了，另一名也同他失去了联系。

他们正说着，高司令员发现了正在找自己的警卫员。

隗甫林同志和妻子刚把高司令的腿解开，鲜血就从几个弹孔内涌了出来。不多时，腿成了青紫色，肿得很厉害。隗甫林同志把司令员和警卫员安置在一个山洞内，留下被褥、干粮，便回村了。

他们把仅有的一罐子小米挖出来，把仅有的一只鸡杀了，每天送饭给高司令员和警卫员。而隗甫林同志和妻子吃的，却是从废墟里刨出来的、已经烧糊了的玉米。

第七天，高司令员的伤势已有好转，隗甫林便把他们送到了条件比较好的地方，后来又将其送到了蒲洼卫生所。

中华人民共和国成立后，高司令员已改名为高锋，曾和隗甫林同志通过信，后来便失去了联系。每当和别人讲起此事，隗甫林同志都免不了难过，他一直惦记着高司令员的身体健康。

1940年秋天，日军“扫荡”十渡，火烧马安，把村里的房子全烧了。村民隗福兰带着三个孩子，家里没有粮食，仅有半罐子烧糊的枣干。隗福兰用三块石头支起半拉铁锅，放入水，取出一把枣干，准备煮枣给孩子喝。刚煮熟，来了两个八路军伤员。隗福兰看到负伤的战士，就想到了当兵的儿子。她把两个战士扶回没有房顶的屋子里，找了两个碗碴，盛上枣汤，让两个小战士喝。隗福兰一直给他们煮了三天红枣汤喝。八路军的部队来了，两个小战士随着部队走了。她一家四口人，就没有了任何可以吃的食物。

隗福兰的孙子问奶奶，你就不心疼我姑姑和叔叔吗？奶奶回答：“我身上掉下的肉，能不心疼吗？但一想到你在外当兵的爸爸，不是和他们一样吗？”

任全广战斗故事

解放战争时期，解放区人民踊跃参军参战，投入到伟大的解放战争中。鱼斗泉村解放军战士任全广，在解放战争中光荣立功。

1948年春，人民解放军与国民党军队在河北的涿鹿县红寺地区发生了激战。任全广所在连队的任务是爆破红寺东向交通大路上的一座桥梁，以阻断敌人向红寺的松岭地区增援。为了确保战斗胜利，部队训练了十五名爆破手。战斗打响后，因兵员紧张，结果只派了任全广他们三个人去执行炸桥任务。他们带着几十公斤的炸药包，在当地的一名向导带领下，乘天黑悄悄地向松岭大桥进发。后半夜，他们进入了桥区，发现大桥上敌兵戒备森严。他们只好匍匐前进，利用河道边的灌木做掩护，逐渐接近大桥，但就在离桥还有百十米处时，敌人哨兵发现了他们，高声问口令。

他们当中的一个战士急中生智，模仿南方人口音。因进犯的国民党兵中多为南方人，他回答时说着半玩笑的话：“还问啥口令呢，敌人都把你们给炸了，你们还不知道呢。”哨兵一听以为是自己人，便放松了戒备，使他们轻易混过了哨卡，来到了桥的对岸，乘着夜色钻入桥下，将炸弹放好。三包炸药引出三根导火索，他们点燃后顺着早已侦察好的地形快速撤回隐蔽处，就在他们刚刚进入隐蔽的松林时，大桥在三声巨响后坍塌了。由于通向涿鹿方向的大路桥梁被我们一个接一个地炸毁，严重地影响了国民党军队自涿鹿方向向我军阵地的推进。

但是，敌人的进攻仍然十分频繁。同年底，国民党军队大举向我平西解放区发动进攻，部队命令任全广所在的营，在红寺地区伏击进犯的敌人。当部队刚刚进入伏击阵地后，他们发现敌人已经迂回向我方阵地两侧运动，有利的形势将要瞬间发生逆转，如果不立即采取行动，我方伏击部队很有可能被敌人两翼部队包围，假如正面敌人再发起攻击，我方一营将士将会受到极大的损失。此时，负责伏击任务的一营领导当机立断，立即命令机枪班率先抢占右侧制高点，以机枪的火力压制敌人的右侧迂回部队，而我方伏击主力则向正前方的敌人突然进攻，引诱正面的敌人和从后面迂回上来的敌人交火，我方再趁机冲出敌人的包围。任全广他们是主力的前锋，当高地的机枪一响，他们几乎是同时把几十颗手榴弹一下子甩向了正面的敌人，打得敌人一时蒙了，仓促还击，不知对方是谁，结果从后面包抄的敌人与正面的敌人接上了火。就在这种混战的形势下，我军部队悄然而巧妙地钻出了敌人的包围圈，全营战士成功地退向了北山。

此次战斗任全广作战英勇，身体三处负伤，其中左右臂伤势较轻，但腹部伤势非常严重，子弹从前向后贯穿腹部，一根肋骨被打断，当时昏迷不醒。战友张德明见状，冒着生命危险把任全广给背了下来。战斗结束后，任全广被送到解放区的涞水北龙门医院，由于任全广伤势严重，当时他的战友们都以为他已牺牲，谁知他在后方医院的精心治疗下，奇迹般地活了过来，半年后痊愈出院。

此次战斗中，任全广作战英勇，被批准加入中国共产党，并荣立二等功，又因他负伤严重，在身体上留下了终生的伤残，因此，部队安排他去香河学校参加学习。1948 年 5 月 19 日，晋察冀军区政治部还为他颁发了三等残废军人证书。1948 年年底，任全广退伍回到了鱼斗泉村。

刘德全巧使重炮立战功

1950 年，朝鲜战争爆发，议和村刘德全积极响应党和政府的号召，报名参军，跨过鸭绿江，奔赴了朝鲜战场。

刘德全所在的部队是中国人民志愿军某部炮兵连，经过短暂的训练，便踏上战场。但刘德全聪明好学，在战斗中学习，很快懂得了炮兵作战的基本要领。

在著名的上甘岭战役中，他所在的炮连负责炮击敌军的阵地，为我军进攻部队扫清前进途中的障碍。当部队将重炮运抵到战场前沿后发现，我方重炮所要射击目标是在同一座山峰的另一侧山脚，直线距离只有一山阻隔，重炮的射程远，炮弹打过去根本打不中敌方的阵地。如向后远距离调运重炮，一是时间已来不及，二是战斗不允许采用近距离高抛物线方式射击。看着重炮使不上劲，全连的战士急得火烧火燎的。此时，我方很快就要发动总攻，敌方阵地不摧毁，势必影响战役的胜利。在大家急得不知所措之时，爱琢磨事儿的刘德全围着重炮转来转去，一边转一边想，然后又用树枝在地上不停地画着什么。其他战士这时凑了上来问他："德全，你干啥呢？"他回头笑了笑，然后又在想着什么，其他战士急了，一推他："别瞎想了，想想咱这炮怎么才能打下山那边的敌人阵地吧。"这时，刘德全突然站起，猛地一拍大腿："有了，你们看我这个办法行不行？"刘德全一说，大伙乐了，先汇报连长，然后决定用德全的办法，不管成与不成先试一试再说。原来，他想的办法是，把炮放在平地上测一下角度，然后再推向一面斜坡地上，利用地面斜坡的角度与炮自身仰射角度相加，就可以找到重炮的实际角度。

就是普通战士刘德全，用土方法解决了射击敌方目标的难题。战斗打响，射击效果很好，炮弹连连击中敌方阵地，创造了近距离仰射击中敌方阵地的奇迹，成功地配合了步兵夺取战役的胜利。由于刘德全的土办法使大炮当步枪使，克敌制胜，大量地杀伤敌人，为志愿军夺取战役胜利赢得了战机，上级部门特为刘德全颁发了三等功奖章。

第二编

革命先烈故事

人民英雄永垂不朽

1938 年 8 月，独立师师长杨成武奉聂荣臻司令员命令到平西接手五支队。8 日晚，接应杨成武的一分区二团二营的八路军到达王家台。霞云岭民团头子杨天沛、王家台村地主杨万芳等一伙匪徒，勾结张坊、南尚乐一带的二路匪徒邢德章等千余人，分成两路对八路军进行袭击，制造了“王家台惨案”。

8 月 10 日午夜时分，八路军正筹备从北坡和南直河方向分两路突围，上石堡村支部书记于进琛派去的向导谢老伍（谢武）赶到。谢老伍了解王家台村地理情况，他带领八路军指战员，避开敌人，穿过树林，贴着山缝由东北峪冲出了包围圈。不料后面的一名战士从崖头滚落下去，声音惊动了山梁上的匪徒，八路军再次遭到截击，有的当场牺牲，有的被匪徒俘虏。

被俘的战士中，有的被挖去双眼，有的被割去耳朵，有的被砍掉胳膊，有的被剖腹拽出肠子挂在树上，有的被剥光衣服倒挂在树上当活靶子……土匪野蛮凶残，毫无人道。11 日上午，匪徒们将未突围出村的干部战士全部残害。

“王家台惨案”中有八路军干部、战士 57 人英勇牺牲（其中侦察连连长牺牲并埋葬在北直河），有 80 余名八路军战士和抗日干部被上石堡村派出的向导营救。“自卫团”杨天沛、杨万方得知是上石堡村派谢老伍（谢武）做向导营救八路军突出包围后，就派手下借故将其迫害致死。

从王家台冲出包围的战士与住在霞云岭村的战士会合后，由营长王茂全带领奔赴斋堂进行休整。独立师师长杨成武得知战士们被残害的消息，气愤至极。这些牺牲的战士中，有十几名抗大毕业生，是经过多年培养和训练的年轻干部，他们的牺牲给我们党带来了巨大的损失。

为缅怀英烈，1939 年 2 月，中共房良联合县工作委员会和房良联合县政府在王家台村修建了烈士公墓，并立墓碑一座，王金声书写了碑文。解放后，为了保护公墓，房山县人民政府拨款和霞云岭乡党团员捐款修建了围墙。围墙大门两侧，右书“抗日烈士公墓”，左书“人民英雄永垂不朽”。

烈士墓碑碑文如下：

尝闻：杀身成仁，君子义举；马革还尸，丈夫当为。我华夏民族素以爱好和平见称。讵乃（叵耐）日寇逞凶，犯我边陲，占我东北，顽强虎视，妄施骄矜。中华四万万无辜同胞含辛茹苦，期待和平者为时久矣！孰料寇敌野心不减，继侵中原。吾全国上下莫不赤心鼎沸，愤臂填胸，誓与敌拼。南旋北战，驰骋陆空，今者阅时一载，日寇虽是奸猾凶狠之极，未尝不风声鹤唳，望影披靡也！尔等志士，为祖国流血，为民族而牺牲，生为英豪，死为厉鬼，垂芳史册，为后世景慕焉。

隗合任英勇就义

抗日根据地成为日军的眼中钉、肉中刺，一次次残酷“扫荡”根据地。

1939 年 4 月 24 日，日军集结重兵 2000 余人，分三路“扫荡”平西抗日根据地。其中东路日伪军约 600 人，重点“扫荡”南窖、下石堡、上石堡一带。村长于进琛安排 4 名民兵到村口北登坎埋地雷，炸死炸伤两名日军。

1939 年 11 月，日伪军对平西抗日根据地进行秋季大扫荡。接到上级命令，上石铺村民兵在民兵中队长隗合任的带领下，利用 4 月北墱坎伏击战的经验，在山上做好埋伏，准备再打一场伏击战，阻击进犯的日伪军。然而，日伪军凭借精良的武器装备和良好的战术素养，加之敌众我寡，此次伏击战以失败告终。

隗合任为了掩护战友撤退，不幸落入日伪军魔掌。被日伪军捆绑到南窖据点后，他遭受到残酷审问。日伪军知道他是民兵中队长，妄图从他口中探出关于共产党组织、抗日武装的消息，对他施行了残酷的刑罚。隗合任铁骨铮铮，任凭各种毒刑拷打，始终不屈服不投降，完全没有被日伪军残忍的手段吓倒，更没有吐露出一点信息。气急败坏的敌人，牵来一条饥饿的狼狗，向隗合任连吼带叫，发出恐吓，隗合任毫不畏惧。日伪军毫无办法，放出狼狗。年仅 29 岁的隗合任，被狼狗活活咬死了。

残暴的日伪军对上石堡村进行了疯狂的报复性“扫荡”，进村后打砸抢烧，共计烧毁民房 192 间。挺进军后来击退了日伪军，收复了上石堡、下石堡一带。

侦察员崔洪林

在霞云岭乡四马台村花树港沟口的一个小山脚下，有一座庄严肃穆的小型烈士墓，坐落在苍松翠柏之间。烈士墓中，掩埋着八路军侦察员崔洪林烈士。

1938 年 10 月，为了解霞云岭一带的土匪活动情况，八路军某部派侦察员崔洪林和李其山化装侦察，当时崔洪林只有 17 岁，李其山也才 18 岁。这天，二人从史家营出发，化装成哥儿俩进入四马台。在了解情况的问话中，由于口音不同，被村子里的土匪看出了破绽。

当时四马台村驻有 20 多名土匪，受杨天沛、杨万芳管辖。他们当晚就密谋计划活捉这两个小八路。

第二天，崔洪林和李其山从四马台村出发，准备到龙门台、庄户台一带继续了解情况。转过一道山弯，刚走到四马台村的大青山口，就被多名土匪包围了。崔洪林小声对李其山说："不要慌！我们假装投降，等敌人靠近了，我开枪射击掩护你出去，如果我走不了，你赶快跑，出去后向首长报告这里的情况。"

李其山争辩说："我比你岁数大，还是我掩护你！"

崔洪林瞪了李其山一眼，然后严肃地说："到这个时候了，还争什么？就按我说的办！"

这时，埋伏在四周的敌人开始喊话："喂！你们赶快投降吧！你们跑不了啦！"

两个人装作害怕的样子，连连说："我们投降！我们投降！请你们别开枪！"

崔洪林边说边假装哭了起来，显得十分害怕。

土匪看到他俩害怕的样子，都哈哈大笑起来，一个土匪大声说："乳臭未干，就想当八路，等长大了再说吧！"

这时土匪头子李万斤把手一挥说："走！下去把他俩逮住！这回咱们算立了一功！"

土匪们挎着枪，毫无戒备地向他俩走来。

这时崔洪林的手已经伸进白布褡子里握住了手枪，悄悄地顶上了子弹，小声地对李其山说："你什么也别管，做好准备往外跑！"

李其山点了点头，眼里充满了泪水。

这时，敌人说说笑笑地向他俩走来，眼看就走到近前了，崔洪林猛然从白布褡子里掏出手枪，"砰——砰——"对准上来的土匪就是两枪，两名土匪当场被打伤。敌人被这突如其来的袭击吓坏了，呼啦一下都趴了下来。李其山趁机从大青山口跑了出去。

崔洪林刚要往外跑，敌人已经清醒过来，开始向他射击。子弹从他的头顶呼呼地飞过去，想出去是不可能了。他对准敌人又是三枪，又有两名土匪被打伤，可是五颗子弹都打光了，敌人见他没了子弹，就又向他大喊：

"你跑不了了，还是投降吧！"

"赶快把枪放下！缴枪不杀！"

土匪这一喊倒提醒了崔洪林，他看着自己握着的手枪，灵机一动，心想：这枪决不能落入土匪手中，我要赶快把它毁掉。

崔洪林举起盒子枪，向附近的石头上猛摔，然后又用石块猛砸，手枪就这样被毁掉了。

这一切，土匪看得清清楚楚。土匪头子李万斤气得嗷嗷直叫，他早就想得到一支手枪，好摆摆威风。他见手枪被砸碎，对土匪们大喊："快开枪！打死这个小杂种！"接着子弹就像雨点般向崔洪林飞来。

崔洪林躲在一块大石头后面，避开敌人的子弹，手握石块，准备和土匪拼命。土匪打了一阵以后，见没有动静了，以为打死了他，有两个土匪端着枪想到石头后看看。刚接近这块石头，崔洪林手中的石块猛然向敌人砸去，砸得两个土匪连滚带爬地跑了回去。

李万斤气急败坏，端着步枪，绕到崔洪林身后，对准崔洪林开了枪，崔洪林没有防备，当场倒下了。

敌人一拥而上，一名土匪对准崔洪林又是一枪，年仅 17 岁的小战士就这样壮烈牺牲了。

李其山顺大青山口跑了下去，转过两道山弯，被土匪抓住，他们把李其山的胳膊反捆上，准备押到庄户台村交给土匪头子杨天沛和杨万芳。恰好村长宿海赶到了，他对两名土匪说："这里是我们四马台地界，我是村长，还是把他交给我吧，我先盘问一下，然后再押送到庄户台枪毙！"

等两个土匪走了以后，宿海把李其山藏在地窖里面。宿海天天送饭照看，李其山的伤口很快愈合了。这期间，庄户台的土匪到宿海家查问，宿海谎称那个小八路在押送庄户台的半路上跑掉了。土匪虽然半信半疑，但宿海是村长，不敢无礼，也就没有再找。

第五天夜里，宿海把李其山送到女婿家，让女婿把李其山送到涞水县的八路军部队。不久，由李其山带路，八路军的一个大队开赴四马台村，消灭了那里的土匪，为崔洪林同志报了仇。

崔洪林牺牲后，四马台村群众凑钱给他买了棺木，把尸体装殓起来，安放在一个山洞里。

1940 年，四马台村党支部和抗联组织在花树港沟口给崔洪林修建了烈士墓，把棺木正式安放在这里。1984 年，在北京市团委开展的"学史建碑"活动中，霞云岭乡团委和马台村团支部一起，重新修复了崔洪林烈士墓，并在墓地四周植了树，成为对青少年、党团员进行革命传统教育的场所。

"一区事变"中 20 名英烈捐躯

在抗日战争期间，日本侵略者曾派汉奸特务潜入平西根据地，在根据地策划叛乱，给抗日根据地造成一次次巨大挫折。

1940 年 11 月中旬，发生了由日伪军及汉奸队策划、大草岭至芦子水村共 16 个村庄公开叛变投敌的事件，事变涉及房良联合县二区王老铺、六渡和涞水县的紫石口、黑牛水等地。

1940 年秋，日伪军实行秋季"扫荡"，平西八路军主力部队调到抗日前线，房良县一区军事力量相对减弱。房良一区由于敌人"扫荡"及汉奸队的活动，部分群众出现了恐慌、悲观情绪。房良县委为转变群众情绪，指示区委要安定民心，恢复区、村政权，稳定社会秩序。一区党政干部共30多人在四马台村召开会议，讨论分配扩军和征粮等各项任务。会议于12日结束。当晚，一区区长王英武、科长吴绍贤等从四马台村回到区公所驻地庄户台村取东西，准备次日分头下乡，区委副书记韩景义及张其羽等率领游击小组30余人，带步枪10余支去北直河村、上石堡村一带工作。其余党员干部到宝水、堂上、东村一带进行工作。

地方匪徒杨天沛等人勾结南窖日伪军据点的伪军头子程子良，密谋成立伪武装组织一区联庄会。为取得程子良信任，杨天沛派罗宗奎率本家兄弟20余人到南窖伪军据点联络汉奸队。13日凌晨约两点钟，程子良一伙由罗宗奎带路，秘密包围了庄户台区公所驻地。区公所工作人员被迫仓促应战，经过三个小时的激烈战斗，终因寡不敌众，区长王英武、区干部景一民等11人被捕，在押往霞云岭途中，1人跳崖牺牲，1人被保，1人被释放，2人投敌当了伪军，其余6人均惨遭杀害。

庄户台事变发生的当天夜里，匪首杨天沛、罗宗奎等召集各村的村长、村副及地痞流氓、叛徒、大小头目30多人，在霞云岭村开会，公开宣布叛变投敌，并扬言“八路军已退走”“各村应立即将散在各村的工作人员逮捕起来”“各村成立维持会”“全区成立区维持会”，请日伪军来保护。会后，各村立即行动抓捕了党员干部，参加这一叛变活动的有百余人。

11月15日，堂上村党支部叛变。这天，区委副书记韩景义和游击小队指导员张其羽率游击小组共8人，由上石堡来到堂上村。行山路80余里，因疲劳过度在堂上庙里休息。堂上村多名变节党员商定，由高甫力、李春厚等设骗局先把游击小组骗至一处下了枪，并将韩景义等绑起来，不久将其杀害。

11月17日，房良联合县基干自卫总队长傅林及四区区长崔一春率游击小组成员20余名和工作人员10余名，去四区做恢复政权工作。当他们来到四、二区交界处名叫黑牛水的地方时，被汉奸队包围。因游击小组成员缺乏训练，听到枪响后大部分人员跑散。总队长傅林凭手枪一支、手榴弹两枚、子弹五发与敌人相持半日，弹尽牺牲；崔一春和二区指导员冯振水负伤被捕；四区区长常守德当场牺牲。

宝水村以村长张国全为首，纠集十六七个人将八路军某部王排长等四人捉捕，送到霞云岭交敌杀害。龙门台村以村长耿文会（党员）、支部书记为首召开 12 人参加的会议，会后将区党总支委员李兴通抓捕送交霞云岭敌人处杀害。叛徒蔡德录等将二区区长罗化之抓捕送交霞云岭处敌人，罗化之也在此遇难。

与此同时，临近霞云岭地区属于房良联合县二区的王老铺村也发生了叛乱。从 10 月 14 日起，王老铺村以村长穆存山、武装中队长穆永山为首，勾结汉奸队长高平和匪首罗宗奎，组织村里的反动分子 40 多人，在不足一个月的时间里，连续九次袭击房良联合县二区区公所驻地六渡，先后抓捕、杀害八路军战士和共产党员 16 人。二区的事变是受一区事变影响而发生的，所以统称为“一区事变”。

因为房良“一区事变”当中，房良联合县的区、村干部总计 46 人被捕，20 人壮烈牺牲，他们为抗战胜利献出了宝贵生命。

抗联主任张玉清

民国时期，涞水县与房山县以拒马河为界，前石门、后石门隶属于涞水县。抗日战争全面爆发后，房涞涿联合县在前石门村建立了抗日联合会，张玉清任抗日联合会主任。

1938 年，冀中五分区在前石门、后石门、平峪村建立了后方基地，成立了被服厂、枪械所、后方医院等，称为“八大处”。

张玉清带领全村群众，积极为后方医院、工厂做好服务保障和安全工作。八大处的服装厂由妇救会刘淑珍的姐姐刘淑花担任服装部部长，联系前后石门两村妇女把服装加工任务布置下去，大家便立即没日没夜地为加工厂做衣服。

1940 年秋，日军调集重兵，分数路向平西根据地进犯。其中一路发自涞水石亭，沿拒马河谷向平峪、东村一带进犯。八路军接到上级通知立即转移，八大处指挥部向村长李瑞交代，让他负责组织干部民兵与兵工厂工人一起坚壁清野，把八大处的所有军用物资用三天三夜分四处隐蔽起来。八路军刚刚转移，居住太平庄的土匪穆老四便到石门盗挖八路军的物资，由于叛徒的告密，他把十三亩地北埝根地洞打开，盗走了很多布匹。日伪军得到情报后，也立即派兵到石门村，查找留守处的物资。面对日伪军的威胁利诱，副村长李有得、张殿琳及张殿魁等七八个人为保自己的狗命，叛变投敌，把后方兵工厂储藏东西的地址透露给了敌人。日伪军将村里（张玉恒和李明房后）的两个地窖里的东西搬出烧毁。

1940 年秋天，日伪军对石门村进行第二次大“扫荡”，进村以后就把没有跑掉的百姓都聚集在村后坡的大庙前，把抗联主任张玉清和李凤瑞抓住，要他们交出八大处其他东西来。张玉清宁死不屈，日军用脚踹，用枪托砸，用刺刀刺，张玉清誓死不当叛徒，无论怎么拷问，都是三个字：“不知道。”日军恼羞成怒，将张玉清杀害在庙前。

残暴的日伪军由于既没有抓到共产党干部，也没有把隐蔽的军用物资搜出来，就对前石门村实行了血腥残暴的烧杀抢掠，把全村的房子几乎全部烧毁，奸污多名妇女，枪杀多名老幼。

日伪军撤离后，县政府和区公所刘德香带领民兵，把叛徒张殿林、张殿魁、副村长李有得和张玉芹抓捕，召开群众大会，在村外当场枪毙，让叛徒得到了应有的下场。

于进琛等四名党员英勇就义

有奋斗就会有牺牲。上石堡村在河套沟第一个竖起了党支部的旗帜，于进琛等四名最先进入党组织的共产党员，为了伟大的抗日斗争，英勇献出了自己宝贵的生命。

1938 年 5 月，经赵然介绍，于进琛加入了中国共产党。于进琛邀请赵然到村里宣传抗日，开展抗日斗争工作。两人经常一起在村子里走东家访西家，宣传革命道理，发动群众支持八路军抗日斗争。在赵然、于进琛的影响下，上石堡村谢景河、王兴云、李富贵、王水等四人在于进琛介绍下，加入了中国共产党。

1938 年 6 月，经中共房良联合县委批准，众人在上石堡村正式成立了房良联合县第一个农村党支部，于进琛成为房良联合县第一位农村党支部书记。

村党支部成立后，秘密组织群众开展反资敌斗争、减租减息等活动。1938 年秋天，匪首杨天沛等制造“王家台惨案”，县委县政府西撤，村党组织进入秘密斗争状态。1938 年末，邓华支队回到大房山地区，计划镇压匪首杨天沛。但县长杜伯华为团结杨天沛等，不但没有镇压他，还调他到专署任科长，杨天沛之弟杨天资也被调到县政府任科长，从而留下后患。

于进琛积极支持邓华支队剿灭土匪，建立村政权，成立救国会、农会等群众团体，上石堡村的抗日斗争得到了蓬勃发展。

1939 年，日本侵略军对平西抗日根据地连续进行了两次大“扫荡”，村民们饱受其害、深受其苦，再加上夏季发洪水、秋季闹虫灾，庄稼几乎是颗粒无收，村民生活到了难以为继的地步。于进琛秘密召开党支部会，决定由农会出面，跟地主进行减租谈判，当年减租 40 多石，为穷困户借粮 4000 斤、筹款 3000 元，缓解了村民的生活困境。

1940 年日伪军秋季“扫荡”开始后，八路军主力部队由内线作战变为外线作战，根据地内八路军军事力量相对减弱，日伪特务在霞云岭地区策划事变。于进琛探听到消息后，立即派人分别给一区两位领导和县领导送出三封快信，报告南窖伪军有向西活动之势，并报告汉奸队近日在大肆活动。然而，三位领导接到信后并没有特别注意，于是震惊平西抗日根据地的“一区事变”发生了。1940 年 12 月 11 日傍晚，叛匪头子杨大金带领日伪军 30 多人，根据汉奸和叛徒的密报突然包围上石堡村，将于进琛和村干部李甫贵、王兴云、谢景森等人抓捕，并用铁丝、绳索五花大绑带到了南窖日伪军据点。

日伪军让于进琛等 4 名党员写投降书，并说“只要写了投降书就可以释放你们，还可以升官发财”。被一口拒绝后，日伪军恼羞成怒，把 4 名党员吊在树上，往鼻子里、嘴里灌辣椒水、生小米，4 人口鼻出血，拒不投降。敌人用烧红的烙铁往 4 名党员的脸上、身上烙，糊焦味直呛得敌人捂鼻子，但 4 名党员还是不投降。日军又放出多条狼狗叫嚷着：“再不投降，就叫你们试试狼狗群的厉害！”于进琛强忍住剧烈的疼痛，对敌人破口大骂：“你们这群畜生，想让我们投降，做梦吧！”日伪军的多条狼狗直扑 4 名党员，把他们衣服扯烂、血肉模糊，个个成了血人，但他们仍咬紧牙关，就是不投降。最终，4 名党员英勇就义。

1946 年，我党为 4 名党员修建了“民族之光”烈士墓和衣冠冢。他们宁死不屈、大义凛然的英雄气概和革命气节，展现了上石堡村人跟着共产党走的革命意志和顽强斗争精神，烈士的英名将彪炳史册，永留人间。

南岭阻击战

日伪军“扫荡”十渡抗日根据地时，马安村的人民在当地党组织的领导下，实行了坚壁清野。为了防备日伪军的突然袭击，村里派出民兵在村口的各个交通要道上布置了隐蔽哨。一有情况，哨兵便立刻敲响铜锣，通知乡亲们迅速转移到隐蔽的山沟里去。

1940 年底的一天清晨，天色刚蒙蒙亮。突然，一阵紧促的锣声把人们从梦中惊醒。当时驻扎在马安的八路军某部队立即派出一个排的战士，到南村口的南岭去阻击日伪军，其余的帮助人民群众迅速撤离村庄。

南岭位于马安村口的大路东侧，在两座小山中间有一个山坳，冲南斜对着马路，是一处很好的伏击点。战士们赶到这里，日伪军的大队人马扛着膏药旗也耀武扬威地过来了，眼看就要通过这里，进入村庄。战士们来不及修土壕，依着山脚、大石头、土坎与日伪军展开了激烈的枪战。

趾高气扬的鬼子兵根本没有想到会在这里遭到伏击。枪声一响，就吓得汉奸、鬼子爬的爬、跑的跑。直到敌军军官发现是“小股八路”时，才逼着部下进行还击、抵抗，接着便发起了冲锋。

八路军阵地的前面是一道五丈多高的悬崖，战士们居高临下，地形有利。而日伪军冲了几步就不冲了，他们上不去。日伪军气得呜哇怪叫，全都趴下。密集的子弹像雨点一样向八路军的阵地上射来，打得碎片飞溅，黄土弥漫，而八路军指战员在土雾里抗击着日伪军，打得日伪军死伤一片。

太阳出来了，照耀着硝烟弥漫的战场，八路军战士的伤亡也在不断地增加。村里的群众、部队都转移了，阻击任务完成了。八路军战士开始组织撤退。就在这时，背后突然响起了枪声，好几个八路军战士倒下了。

原来，一个汉奸领着日伪军从后面的墓安沟包抄上来，包围了八路军战士。情况危急，战士们腹背受敌，撤退是不能了。于是，他们又伏下身子与日伪军对射。一个汉奸尖着嗓子喊："喂，快投降吧，你们跑不了啦!"没有人搭话，回答的只是枪声。战士们组织了几次突围，但都失败了。

战斗一直进行到前半晌，最后的一名战士也牺牲了，阵地上的枪声停止了。我们一个排的八路军战士，为了保卫人民群众的安全，献出了他们宝贵的生命。

八路军战士没有留下任何可以作为纪念的遗物，甚至连他们的名字都没有留下。马安的人民把他们的遗体掩埋在他们战斗过的地方。新中国成立后，马安人民没有忘记这些为保卫自己而献出宝贵生命的亲人，每逢清明时节，墓地上就摆满了鲜花、花圈，让烈士们在九泉之下接受人民对他们深深的敬意。

八里塘阻击战

1941 年 8 月中旬，侵华日军十余万人"扫荡"北岳区抗日根据地。首先是对平西抗日根据地大规模"扫荡"，首先是"扫荡"房涞涿联合县内的十渡根据地。当时，平西九团机关驻十渡、西庄，冀中十分区医院、兵工厂、被服厂等单位和房涞涿联合县委、县政府、群众团体等机关及二区区公所也驻十渡、八渡等村。

8 月 13 日夜，日军出动 3000 余人和伪军 1000 余人，分兵四路向十渡发动进攻，企图一举围歼我军主力部队和后方机关。挺进军九团为暂避日军锋芒，奉命西撤到涞水县深山区。从涿县县城出发的一路日军，会同石亭据点的日军共 300 余人，窜入前后石门南沟，图谋抢占前、后石门，卡断平西军政机关西撤的退路。这是日军预谋围歼八路军主力部队和后方机关极阴毒的一招。如果日军抢到先机，占据了前、后石门，平西军政机关则会完全处于被包围的危急态势。为阻挡日军，九团由二营派出一个加强排，由排长赵楷带领，执行阻击任务。首长要求他们不惜任何代价，在八里塘岭坚决堵截日军前进，赢得时间就是胜利!

八里塘岭位于前石门南沟，距离前石门约两三里之遥，其山势连绵纵横，形似长蛇，全长 8 里。排长赵楷率领全排 30 余名战士，以强行军登上八里塘岭南侧山巅，选择在下半山腰的有利地形设下埋伏。经过一夜的等待，终于在拂晓时刻，日军闯入八路军伏击阵地。

赵楷一声令下，机枪、排枪子弹射向日军，前面的一批日军纷纷倒下。他们被这突如其来的一击打懵了头。顷刻，日军仓皇滚爬起来，图谋抢占对面山坡进行顽抗，又被八路军战士一顿机枪和排枪压了下去，几具日军尸体被丢在了半山坡。日军被阻击在狭隘的山谷里，寸步不能前进。开始，日军似觉察八路军兵力规模较小，便组织小股兵力，强攻八路军阵地。八路军战士居高临下，用排枪和手榴弹打得日军血肉横飞。日军几次轮番冲锋，都被八路军压了下去，一批批日军倒在山坡上。

日军不甘心失败，又重新组织较强的火力，发起强攻。轻重机枪、小钢炮和掷弹筒齐发，向八路军阵地猛烈轰击，掩护成百的日军冲锋。八路军战士依据有利地形、障碍物，不断变换位置，日军爬到附近时，便一阵手榴弹砸向敌群，相继机枪和排枪向敌群扫射过去。前面的日军成批倒下去，后边的日军又冲上来。战斗异常激烈，杀声和枪炮声震撼山谷。有的战士子弹和手榴弹打光，就用预备好的擂石砸向敌群。当日军将冲近八路军阵地时，排长大喊一声“冲啊！”八路军战士冲入敌群，展开肉搏战，就这样先后击溃日军 5 次强攻。

日军经过几次冲杀失败之后，用无线电请求上级派出两架飞机前来支援。因山高谷深，俯冲力极差，敌机只是从高空投弹狂轰滥炸一通。气急败坏的日军最后竟然连连向八路军阵地投下瓦斯毒气弹，企图毒杀八路军战士。最终，全排战士仅有一人被压在了其他战士的身下，没有被日军发现，其他人则全部壮烈牺牲。

此次阻击战，约进行三个小时，日军被击毙和击伤百余人。赵楷排全体战士以英勇顽强不怕牺牲的战斗精神，为我军赢得了时间，彻底粉碎了日军妄图抢占石门的阴谋，掩护了八路军主力部队、后方机关和广大群众的安全转移。

这是抗日战争中一次以少胜多的战斗典范，赵楷排全体战士的英雄事迹在八路军民中广为传颂，并流传于后世。

红色采购员李合英勇牺牲

抗日根据地建立后，保障根据地生产生活供给，是摆在根据地各级领导面前的重要任务之一。

为了发展根据地经济，1940 年 10 月，房良联合县在二区建立了农民合作社，西关上村李合担任二区合作社采购员。1941 年，日军在张坊修筑封锁壕，全面封锁抗日根据地，妄图把抗日军民困死。进出根据地的物资全部被日军卡死，合作社就是要打破日军经济封锁，开拓内外商品沟通渠道。

在党地下组织的掩护下，李合很快开拓出南北两条地下商品流通渠道。首先在仅距日伪军重点驻地——张坊北侧约五里远的下寺村暗设“地下商品转运站”，又在日伪占领区的南尚乐村建立与长沟以西一带商贩通商的“地下联络点”。

为了严密封锁根据地，日军出动汉奸特务，明查暗访，加强各日伪军据点对根据地的封锁，切断平西抗日根据地地下商品流通线，禁止一切生活必需品进入抗日根据地。同时，日军又组织合作社向根据地推销化妆品、大烟之类的消耗品，掠夺抗日根据地的钱币。此外，日军还经常组织伪特人员到根据地抢夺山货、财物。在此期间，二区合作社采购员李合及他联系的“外线”商人等数人名单落入日伪军手里。

1942 年 5 月 26 日下午，李合为了多驮货，半路上把自己的一头毛驴也一起赶上，悄悄到下寺村驮盐，子夜到达。次日拂晓前，李合背着超负荷的盐赶驴出村上路。此时，日伪特务已在村外设伏，当李合行至村西三岔路口时，特务突然向他喊话，李合方知情况不妙，侧身向北坡外冲，但已来不及，当即身中三弹，倒于血泊之中。日伪特务急于追问口供，给李合进行了包扎。他们还进村抓来群众，用门板把李合抬去抢救。抬到村东马房河沿时，李合因流血过多，停止了呼吸。他为根据地物资供应献出了宝贵的生命，时年 35 岁。第二天夜，西关上村的地下党员在下寺村地下党组织的协助下，将李合烈士的遗体连夜送回西关上村安葬。

李合牺牲不久，他联系的“外线”商人有两名同时被捕，一名姓崔，外号叫崔捣鼓，一名叫邱秀岗，被特务捉住后交给了日本人。日伪军软硬兼施，用尽酷刑妄想从这两人口中弄清共产党地下组织。但他们宁死不屈，使敌人一筹莫展。凶残的日伪军将其中一人绑在木桩上当活靶子，在敌人刺刀刺杀和狼狗撕咬之下，两人壮烈牺牲。

老帽山六壮士

平西抗日根据地建立后，从十渡到野三坡的拒马河流域成为平西抗日根据地的堡垒。

1943 年春，房涞涿县委、县政府机关、冀中十分区的新兵连和银行、印刷所、兵工厂、医院等机关，都驻扎在十渡及其附近。4 月中旬，日伪军 300 多人携带轻重机枪和迫击炮等优势武器，妄图从霞云岭越过百草坨进犯十渡。县政府和冀中部队接到情报，立即发动群众坚壁清野，组织机关工作人员西撤。冀中部队派出一个排，预伏在老帽山北侧山腰和与东北面隘口处，准备凭借天险据守河谷通道，阻击日伪军进攻，掩护部队、党政机关和群众转移。

4 月中旬的夜晚，依然带着寒气，身着单衣的战士们警惕地埋伏在老帽山的树林、灌木丛和巨石旁，全神贯注地注视着敌人的动向。第二天拂晓，日军和汉奸打着膏药旗，耀武扬威地沿着山谷向十渡袭来。当敌人闯入我军枪口射程距离时，排枪和机枪猛烈地射向敌群。这突如其来的袭击，打得敌人晕头转向，有的往前冲，有的向后逃窜，还有的寻找隐蔽物进行还击反抗。一个回合下来，敌人的十几具尸体已抛在了河谷。八路军战士初战告捷，斗志昂扬。排长重新动员布阵，准备迎接敌人的再次进攻。疯狂的敌人惊魂稍定之后，便组织火力以轻重机枪掩护，再次强行扑向了山口。我军居高临下，依靠山头和悬崖作掩护，打得敌人又一次败退。恼羞成怒的敌人仗着人多和武器装备的优势，又重新集中火力，轮番向我军阵地进攻。我军战士也是越战越勇，敌人冲上山坡，被我军打下去，敌人再次往上冲，再次被我军打下去。战斗异常激烈。

战士们用手榴弹掷向敌群，巨大的爆炸声在山谷回荡，炸得敌人血肉横飞，战斗形成拉锯态势。面对数倍于我的敌人，我军战士不断出现伤亡。战斗持续了两个多小时。当八路军战士完成预定的阻击任务准备撤离阵地时，不料山崖阵地上方响起了枪声和喊叫声。原来，是敌人从正面进攻屡遭失败，正无计可施之时，一名汉奸发现我军阵地北侧山峰最高处并未设防，便利用空隙带领日军一个小队，迅速爬上我军阵地背后的制高点，使阻击部队处在极为不利的危险境地。排长一面指挥战士抗击冲下来的敌人，一面组织撤退。我军在敌人的夹击下且战且退。经过一番激战，部分战士撤离阵地，掩护撤退的 6 名战士被阵地上方的敌人，一步步挤压下来，山下的敌人则用轻重机枪向阵地猛烈扫射。我军战士前面是凶残的敌人，背后是陡峭的悬崖峭壁，已经没有退路。6 名战士面对凶残的敌人毫不退缩，抱着不怕牺牲的信念，继续和敌人浴血奋战。尽管又有敌人被打死在山坡上，但 6 名战士已经筋疲力尽伤痕累累，而且子弹和手榴弹也全部打光。这时，敌人乱叫着冲下来，在这危难之际，6 名战士宁死不做俘虏、不向敌人投降。他们一步步退到山崖边，先后摔碎手中的步枪，互相激励着，面对侵略者，他们坚定沉着，高呼着“打倒日本帝国主义”，毅然地跳下了悬崖，为中华民族的大义壮烈牺牲，谱写了平西抗战的六壮士壮歌。

日军撤退后，十渡民兵将他们的遗体安葬在了村北的老帽山下。为纪念先烈，教育后人，十渡党委政府在老帽山上建立了老帽山六壮士纪念碑亭。老帽山六壮士与千千万万的抗战先烈永远活在我们心里。

战斗诗人陈辉

陈辉不仅是伟大的抗日英烈，还是战斗在拒马河畔的抗日诗人。

陈辉，1921 年出生于湖南省常德县，1937 年加入中国共产党，1938 年奔赴延安联大学习，毕业后到晋察冀边区通讯社当记者，1940 年主动要求到房涞涿县委工作。1941 年秋，他任房涞涿青救会主任。1942 年 3 月，房涞涿成立武工队，陈辉成为房涞涿武工队的主要领导之一。武工队深入房涞涿平原，领导群众挖地道、埋地雷、打鬼子、除汉奸，使拒马河畔三十多个村庄的群众抗日斗争日益高涨，使房涞涿平原上的全民抗战出现了空前活跃的大好局面。1944 年夏天，陈辉被提升为房涞涿县委执行委员，兼任四区区委书记。

十渡是武工队的后方。陈辉著名的《为祖国而歌》就创作于八渡。

他在《为祖国而歌》中写道：

祖国呵，
你以爱情的乳浆，
养育了我；
而我，
也将以我的血肉，
守卫你呵！
也许明天，
我会倒下；
也许
在砍杀之际，
敌人的枪尖，
戳穿了我的肚皮；
也许吧，
我将无言地死在绞架上，
或者被敌人投进狗场。
……
祖国呵，
在敌人的屠刀下
我不会滴一滴眼泪，
我高笑，
因为呵，
我——
你的大手大脚的儿子，
你的守卫者，
他的生命，

给你留下了一首
无比崇高的“赞美词”!

陈辉短暂的一生留下了一万多行诗。1958年，中国作家出版社从他保存下来的原稿中选诗四十多首、十七万余字，由著名诗人田间写序，集印出版书集《十月的歌》。1959年，他的《为祖国而歌》《献诗——为伊甸园而歌》等三首诗被选入中国青年出版社编的《革命烈士诗抄》里。同年，著名诗人、作家魏巍主编的《晋察冀诗抄》一书，又选了他的十几首诗。1981年，日本九州大学教授上尾龙介又将他的诗集《十月的歌》译成日文，传到国外。

马安村老党员刘占职同志当年曾与陈辉同志朝夕相处，共同生活，共同战斗，从心底里敬佩陈辉同志。对过去的斗争岁月，刘占职至今记忆犹新，难以忘怀：“陈辉，真有本事，能打仗，会写诗，能吃苦，不怕死，有勇，有智，又有谋。陈辉喜欢穿一件蓝布长衫，自己把长衫的衬里扯下一块，在胸前缝了一个大口袋，口袋里装着他的书稿。他非常勤奋，一有空就坐下来写，有时还念给我们听，有了情况，把诗塞进口袋就走。陈辉的文章都是这样写下来的。”

1945年2月8日，由于叛徒告密，陈辉遭到一百多个日本鬼子和汉奸包围，激战数小时后，寡不敌众，陈辉拉响了最后一颗手榴弹，英勇地与敌人同归于尽，牺牲时年仅24岁。

陈辉烈士永垂不朽!

县委书记赵然在西庄捐躯

赵然，河北房山县李各庄村人，1918年11月26日出生，先后毕业于房山县长育高等小学、简易师范；1938年5月加入中国共产党，八路军晋察冀五支队建房良联合县时，赵然任县委宣传部长；1939年5月，任县委副书记，兼县大队政委；1940年5月，任县委书记。6月，房良县在南白岱村召开全县各界代表会。经上级批准，赵然在选举会上公开共产党员的身份，当选为县参议会议长和晋察冀边区参议员。赵然是房良县第一名公开身份的共产党员，“赵然，赵然，共产党员”的顺口溜也在群众中传开了。日军高价悬赏捉拿他，但赵然始终无所畏惧。赵然团结广大上层人士和知识分子，结成广泛的抗日民族统一战线，促成了房良多阶层人民的共同抗日。

1939 年 6 月，房良县委在张坊附近的大峪沟村举办党员训练班，赵然担任教务主任，并亲自给学员讲课。房良县在十渡村成立了抗日高小，他还在百忙中到抗日高小给学生讲课。

赵然能文能武，智勇双全。1940 年 7 月，六渡村党支部书记蔡玉存被汉奸杀害，赵然亲自指挥，将汉奸抓获归案，为死难的烈士报了仇。夏末，赵然等 18 名游击队员在七渡村突然被敌人包围，赵然果断指挥突围。后查明是六渡村一名汉奸报的信，赵然便带队在西关上村将汉奸抓获处死。

房山区霞云岭“三角城”是一夫当关、万夫莫开的兵家必争之地。南窖伪军头子杨大金、罗宗奎等带领伪军盘踞在山上。“一区事变”后，叛乱分子到“三角城”与伪军相互勾结，妄图长期霸占此地，被挺进军九团二营果断攻克。汉奸罗宗奎、土匪头子石秀珠等先后逃往日伪军南窖据点为日本人卖命，疯狂地杀害共产党干部和八路军战士。

赵然巧施“离间计”，连续给石秀珠写了几封所谓的“回信”，投入敌手。日军信以为真，把石秀珠当作八路军“打入”日伪内部的奸细给杀了。赵然又设计借日军之手枪毙了杨大金，为民除了大害。

1942 年 12 月，赵然任中共房涞涿县委书记。由于他为民族抗战日夜操劳，鞠躬尽瘁，1941 年染上肺病，但他仍以惊人的毅力坚持斗争，直到生命的最后一刻。1944 年 5 月 16 日，赵然在西庄村与世长辞，年仅 26 岁。

6 月 1 日，县委为赵然举行了追悼大会。为了悼念赵然，中共察哈尔省委的《黎明报》发表了题为《泪水，怎能忍住不外流!》的文章。县政府和抗联会为赵然送去了挽联，以悼念这位令人敬仰的共产党人：

开辟房良，发展涞涿，英风不愧燕赵；
创建民主，巩固政权，功绩可谓卓然。
领导民族健儿，杀敌致果，巍巍丰功传百代；
献身革命事业，鞠躬尽瘁，耿耿赤诚照千秋。

赵然同志的烈士墓建在西庄村，现为十渡人民缅怀先烈的重要爱国主义教育基地。

晋耀臣的故事

晋耀臣是抗日战争时期为抗战胜利壮烈牺牲的区委书记之一，是伟大的抗日英雄。

晋耀臣，名显枢，字耀臣，1916出生于蒲洼村。他大高个，白净脸，威武英俊。他出身富家，少年在村中读私塾，后回家务农，平日为人豪爽，常救济穷人。他1939年参加革命，于1939年4月到平西专署在涞水县峨峪举办的党训班学习。学习后，他对共产党的认识更加深刻，对党的抗日主张更加认同。在他年轻的心灵中，树立了为实现共产主义奋斗终生的革命理想和抗日必胜的坚定信念。

1939年6月，晋耀臣被分配到房良联合县三区（南、北白岱一带）任农救会主任、区委书记。到三区后，他以旺盛的斗志和顽强的毅力，积极发动群众开展抗日斗争。他经常召开村干部会、绅士会、知识分子座谈会，用党的抗日政策团结爱国志士、开明绅士和知识分子，统一抗日思想，结成广泛的抗日民族统一战线。经过半年的艰苦细致工作，三区普遍建立了村政权和农救会、青救会、妇救会、青年自卫队等组织，人民群众有了自己的抗日政权和组织。

青年人是抗日的骨干力量，晋耀臣很重视培养青年人。县委在大峪沟举办党训班，耀臣带领党员和积极分子一起学习党的基本知识和抗日政策，密切党员和积极分子的联系，积极慎重地发展党员，先后培养邱绍明、佟博文等人加入中国共产党。到1940年春，全区12个村，已有南白岱、北白岱、下滩、镇江营等8个村有了党员，有的还建立了党支部。

晋耀臣在三区抗日前哨建党建政，发动群众参军、参战、支前，抗日工作开展得轰轰烈烈。条件虽然艰苦，但每逢五四青年节等，他都组织纪念活动，组织各村青年进行会操比赛。在他的领导下，镇江营和南白岱村群众抗日成绩优异，被评为模范村。晋耀臣还广泛发动群众，打击日伪军，巩固三区抗日根据地，有力推动了抗日斗争向前发展。

三区抗日斗争打开局面后，1940 年 6 月，晋耀臣被调到房良县七区（石窝，南、北尚乐一带）开展工作。他到七区任区委书记后，朝气蓬勃、满腔热情地发动和组织群众减租减息、参军、征粮、筹款等活动，对开辟七区抗日根据地和支援抗日斗争做出重要贡献。

1940 年底，晋耀臣调到房良县一区（霞云岭、龙门台一带）任区委书记。这年，正值房良“一区事变”发生不久，形势严峻，再加上深山区交通不便，缺粮缺款缺弹药。就在这种复杂、困难的情况下，他不怕追捕、暗杀，临危不惧，以顽强的革命精神，在深山老林中跟日伪军周旋转战。在这个地区，他亲自指挥游击小组和复仇大队（领导上石堡、下石堡、霞云岭等村的游击小组），在各村进行警戒锄奸和消灭叛匪工作。在开展武装斗争、消灭叛匪取得胜利的同时，晋耀臣依靠群众，重新开展武装斗争，恢复党组织和村政权。从芦子水村开始，晋耀臣逐村整顿党组织，重新审查和发展党员，在各村重新建党建政。他在摸清党员底数之后，对每个党员严格把关，重新审批，对有叛变行为的一律从党组织中清除出去。他认真培养了一批年轻的积极分子，发展了 100 多名年轻党员，在 15 个村重新建立了党组织和村公所。因为战功显赫，他被晋察冀边区授予“抗日英雄”的光荣称号。

1941 年 6 月，房良县与涞涿县合并，成立房涞涿联合县。房良县一区改为房涞涿联合县九区，晋耀臣继续任房涞涿县九区区委书记。

1943 年 10 月，晋耀臣被调到房涞涿联合县七区（南白岱、南尚乐一带）任区委书记。房涞涿联合县七区是将房良县三区和七区合并而成的，早在 1939 年这里就已成为抗日根据地。但在 1941 年秋，日本侵略者对根据地进行疯狂“扫荡”，实行烧光、杀光、抢光的“三光”政策，强占了这一地区，并在张坊村设立了据点。晋耀臣首先组织了武工队，亲自担任指导员，发动和组织群众进行抗日斗争。敌人对他恨之入骨，多次张贴布告悬赏捉拿，布告中说：“谁捉拿到晋耀臣重赏，一两骨头一两金，一两肉一两银，晋耀臣身体有多重，就给多少金和银。”晋耀臣把敌人的恐吓、暗害、捉拿都置之度外，他身背挎包和盒子枪，带领两名武工队员，照常机警地活动在七区各村。

1944年4月，晋耀臣到郑家磨（又叫马家磨）村开展工作。由于叛徒告密，敌人包围了他的驻地。晋耀臣和两名武工队员从后墙跳出，敌人拼命追赶。晋耀臣眼看情况紧迫，他命令武工队员说：“你俩赶紧往西跑，我在后边掩护！”两名武工队员向西面的山区跑去。敌人像疯狗似的扑来，晋耀臣已无法逃脱，就在郑家磨村的桥头上，摔碎盒子枪，撕碎随身带的文件后扔入河内，准备跟敌人拼死一搏。但因寡不敌众，被敌人抓捕。房涞涿县委得知晋耀臣被捕，曾想尽办法多方营救，但都未能成功。

晋耀臣被捕后，受尽敌人折磨，但他英勇顽强，宁死不屈。他被敌人送到石亭，继续坚持绝食绝水斗争。敌人折磨他，迫害他，将他倒挂在墙上，用开水浇身，他怒目而视，一声不吭；敌人见他毫不屈服，又用刺刀戳瞎双眼，他仍不吭声；敌人接着又在晋耀臣身上连砍数刀，晋耀臣遍体刀伤，血染全身，此时已气息奄奄。敌人还不死心，又叫狼狗撕扯晋耀臣的肢体，最后将晋耀臣推入山坡下的壕坑中活埋。晋耀臣在敌人惨无人道的迫害下，从容就义，壮烈牺牲，年仅28岁。他视死如归、宁死不屈的革命精神，彰显了共产党人的坚强意志和崇高气节。

第三编

社会主义建设故事

十渡的路与桥

拒马河与大山把十渡的人们困在了山村里。每到夏天，十渡都要与世隔绝起来。所以，儿时的村里人，都把拒马河叫“大河”。

1958 年，马安工委组织民工开辟了片岭的山崖，修通了张坊到十渡的公路，又修通了通向蒲洼的山路。由于劈开了片岭，就可以从张坊直接到千河口，就减少了两渡。20 世纪 80 年代以前，从三渡到十渡，渡桥都是用木条子编成仓放到水里，填上石头做成石头仓，在石头仓上搭上木头，再铺上稍子柴，再垫上石子和土，搭成土桥。1958 年之前，十道渡桥的土桥修得都很窄，一般就是三四尺宽，只要能走牲口过人就行。公路修成以后，桥面要加宽，要能过解放汽车，桥梁要加粗加牢，能禁得住载重汽车通过。1966 年以后，由于大量的铁路物资要用卡车运往十渡，为了加固桥梁，过去的圆木桥梁换上了旧钢轨，铺的稍子换上了木板，土桥便成了木桥。但不管修得多好，木桥只是冬天、春天能够通行，汛期一到，所有的桥都要拆掉，等秋天雨水小了，再重新修起来，年年如此。

清朝皇帝最初是把皇陵选在了十渡的平峪，已经圈好了地，就是因为无法解决汛期断路的难题，所以把皇陵选在了河北省易县。

从张坊到十渡的公路，虽然只是季节性的公路，但终究还是打破了十渡与山外世世代代的隔绝，铺通了十渡与平原交往的道路。1958 年，汽车第一次开进了十渡，十渡人也第一次看到了汽车。20 世纪 60 年代中期，公共汽车进了十渡。随着公路的修通，汽车、马车、骆驼、骡子、毛驴不断把山里的物产运出十渡和蒲洼，把公社、大队、生产队、社员需要的生产、生活物资运进山里。

1981 年，拒马河上架起了 8 座永久性钢筋混凝土漫水桥，使十渡几千年的季节桥成为历史。1985 年平西抗日烈士陵园在十渡的龙山落成，开始了十渡的红色旅游。1986 年，贯穿十渡的涞宝路铺油并通车，沿拒马河的公路改建成了三级标准公路，十渡的路不再坎坷，为该镇旅游发展奠定了基础。

2005 年，也是十渡镇交通事业实现跨越式发展的一年，连接十渡、野三坡的十大路拓宽改造工程以及七渡、九渡高架桥建设工程相继破土动工。为适应旅游发展的需要，从这一年，该镇投资4亿多元加强景区路桥基础设施建设，彻底改善景区交通条件，将全长17.2公里的十大路进行了拓宽改造，并逐步把景区内一渡一有的拒马河漫水桥建成高架桥，彻底解决遇有洪水、水漫桥面造成交通中断的历史问题。从2007年开始，拒马河上的漫水桥，一座座翻建成了钢筋水泥结构的高架桥，11座高架桥凌驾于拒马河之上，横亘了数千年的拒马河天堑，变成了永远的通途……

马安十渡引水渠

战国时期，就有督亢渠引水灌田。封建时代，受土地所有制、生产力发展条件束缚，水利建设规模狭小，渠坝仅以土石为料，且修筑方法原始。新中国建立后，特别是农业合作化后，土地为集体所有，为大规模引水灌田提供了先决条件，人民公社、生产大队依靠集体力量，开始有能力修建较大引水工程，灌溉田地。

1958年，毛主席提出了搞好农业生产的八项措施要求，即“土、肥、水、种、密、保、工、管”，被称为农业“八字宪法”。“水”，就是兴修农业水利工程，扩大水浇地面积，大力提高粮食产量。

1957年6月，甘肃省天水市武山县东梁渠建成。1958年9月，全国第三次水土保持工作会议在甘肃省武山县召开，会议明确提出，“东梁渠引水上山是整个西北解决干旱的方向，武山人民改造大自然的雄心壮志值得全国人民学习”。引水上山，成为水利建设的旗帜。

十渡的东套有400多亩良田，是马安人民公社十渡大队最集中的农耕田地，但只能靠天收，产量低，且收成没有保障。为扩大水浇地面积，提高粮食产量，做到旱涝保丰收，马安人民公社决定，修建马安到十渡的引水渠，引马安的泉水，灌溉十渡东套的良田。

引水渠要从马安河沿岸几家的大门口通过，退伍军人刘占荣对干部讲：“只要对国家有利，我们没的说，服从组织决定，支持修水渠。”修水渠要劈开村南城墙的东岩，那是马安村的第一道大门，还有百树坨子的东岩，那是马安村的第二道大门。“劈了两个东岩，就破坏了马安的大门口，马安村的风水就没了。”马安村上上下下都在议论这件事情。为了统一思想认识，马安村党支部首先在党员会上讲，我们是共产党员，要带头破除封建迷信思想，支持社会主义建设，支持公社党委决定。党员要带头做好家属和亲属的工作，投入到修渠生产中去。经过反反复复的思想政治工作，马安村干部、党员和群众统一了思想认识。

1958 年冬，马安公社组织十渡、马安的社员投入到修建引水渠建设中去。修建引水渠的主要工程是打眼放炮，劈开南旮旯湾的东岩，修建引水渠。为了加快工程建设，组织了青年突击队，承担打眼放炮的艰巨任务。马安的穆永书，从王老铺嫁到马安，刚刚结婚不到一个月就参加了突击队，投入到打眼放炮的工作中。数九寒冬，没有劳保设备，人们扶钎时，冰凉得钢钎凉的扎心，就把钢钎放在火上燎一燎，用汗水把钢钎温热。手冻伤了、震裂了，但没有人喊苦嚷累。

在排除哑炮时，十渡村两名社员光荣牺牲。

引水渠在马脖子岭下的水泉拦截宝水河，沿河沿店墙外，过大槐树底下，再过大块外地边，劈开南旮旯湾的东岩，过武街，在大墓安沟口架桥修渠，过东成片，过城墙东岩，到东套，一直到十渡的东坡。该水渠在 20 世纪 60 年代、70 年代一直发挥作用。随着华北地下水位的下降，马安村泉水的流量逐年减少。引水渠 20 世纪 80 年代初只流到东成片，80 年代中期只流到武街，90 年代更是只能流到马安村的大块了。

富合被评为红旗单位

新中国成立时，房山平原地区平均亩产粮食 130 斤。新中国成立后，人口迅速增加，人要吃饭穿衣，国家建设需要粮食。多产粮食成为社会主义建设的重中之重。

大寨大队给农村竖起了发展集体经济、建设社会主义新农村的榜样。房山县也掀起了学大寨的热潮。1965 年，中共房山县委、县人委在全县评选了 12 个红旗单位，富合村就是其中的一个红旗单位。富合村的党支部书记叫隗炳库，1942 年加入中国共产党，一直担任富合村党支部书记，直到“文化大革命”开始。

富合村，清光绪二十六年（1900 年）始建村，曾名“湖子安”；原是马安村的自然村，1940 年更名为“小议合”；1943 年独立成村，取吉祥之意，复更名“富合”。全村有 160 多亩山坡地，亩产不足一百斤。

多年来，富合村是一个“七沟八岭两面坡，山坡缺树石头多，十年九旱无水喝”的穷山村。160 多亩坡地被分割分成 1000 余块，面积最大的仅 0.7 亩，最小的仅能种四五株玉米。50%的地块没有石埝。地里石头多，土中碎石多，埝上柴草多。大队每年要吃国家返销粮 5000 多公斤。

1961 年初，为了贯彻落实毛主席制定的“土、肥、水、种、密、保、工、管”的“八字宪法”精神，“大办农业、大办粮食”，大队党支部组织全体干部社员展开讨论，统一了认识：“国家需要粮食，我们就要千方百计把粮食搞上去!”党支部决定从闸沟垫地、改坡、垒坝、砌埝、整修梯田等农田基本建设入手，改造富合。当年冬季，大队组织社员，依靠集体力量，在冰天雪地里撬石头、抬石头、背石头，将一块一块石头运到地边，再一块一块垒起。经过两年的自力更生、艰苦奋斗，至 1963 年春，人们垒坝、整坡、闸沟，治理了闸水港、大北沟、箭子河、大洼沟、张石塘等 6 条沟峪，共打石坝 100 多道。

1963 年夏季，一场大雨，第 4 次冲垮了张石塘沟 20 多道石坝大埝，1000 多个工日的努力打了水漂。在严重的挫折面前，党支部召开社员大会讨论：“能不能治好这道沟?”社员们表示：冲毁 4 次，我们就治它 5 次、6 次、7 次！当年冬季，70 多名壮劳力奋战了 1 个月，在张石塘沟重新砌筑了 20 多道石坝石埝。从 1961 年至 1965 年，全大队总计用 4 万多个工日，砌垒石块 6 万多立方米，在 6 道荒沟砌起石坝石埝 120 余道，闸出几十亩坡地，又在坡地垒 680 多道地堰，将 50 多亩坡地改造成水平梯田。

完成这样艰巨的工程，除买了 750 公斤炸药外，没有再花一分钱，撬石头的木棍是从山上砍来的，抬石头的粗绳是用榆树条拧成的。撬石头仅撬棍就断了无数根，刨石头磨秃了上百把镐头。

随着梯田的增加和改造，大队因地制宜推广农业生产新技术，改革耕作制度，创造了施足底肥后密植、间作、套作技术，改变了玉米“一步三棵苗”和“谷稀穗大秸秆硬”的传统种植方式。富合大队先发展养羊，以圈肥促粮食生产，有了余粮再发展养猪，有了经济实力再发展大牲畜。他们在山上建牲口圈，饲养猪、羊、牛就地积肥，每亩施用农家肥6000公斤。富合大队粮食生产逐年增加，1964年大队实现了粮食自给有余。

富合大队的艰苦奋斗精神，得到了各级党组织和政府的表扬。1964年全国各地就有两万多人来到富合村参观学习。北京市副市长刘仁深入富合大队，鼓励富合人继续努力，取得更大成绩。1965年，北京市市长彭真同志乘直升机专程到富合考察了解，听取汇报。彭真市长亲自批示对富合大队进行表彰，奖励了八匹马和一架风琴。1965年5月，房山县召开三级干部会议，富合大队被授予农业战线上的红旗单位。

庄户台大队被评为红旗单位

在学大寨运动中，河套沟的庄户台大队成为学大寨的一面旗帜。

庄户台大队清代成村，地处大房山古道的一溜十八台。因居住此地农民依靠租种地主土地生活，被称为“庄户”，村名由此改成庄户台。该村辖庄户台、土南台、鱼骨寺、井儿峪等27个自然村。新中国建立后，全村耕地面积1000多亩，亩产不足百十斤。

农业合作化后，特别是人民公社化后，土地为集体所有，集体力量大，为大规模提高农业生产水平创造了条件。庄户台大队村党支部带领全村干部社员，贯彻落实毛主席制定的“土、肥、水、种、密、保、工、管”的“八字宪法”精神，“大办农业、大办粮食”，自力更生，艰苦奋斗，从1957年至1964年，村里全大队垫平大小山沟42条，扩大耕地38.1公顷，坡地改梯田7.2公顷，扶唇长堰48公顷，荒山造林122公顷，零星植树7万余株。1964年，养殖大牲畜173头，猪597头，羊2112只。1964年卖余粮2.45万公斤，庄户台大队由缺粮5万公斤到卖余粮2万多公斤。

为了再接再厉，再上新台阶，1963年冬，在庄户台大队蹲点的公社领导召开大队干部社员会议，讨论改造鱼骨寺、井儿峪、台港三道山沟。会议讨论了9次也没有形成统一意见，主要原因是一些大队支委和社员满足于已经取得的成绩，再有就是顾虑闸沟堵塞水道，雨季容易被大水冲毁，闸沟会阻断上山放牧的道路。

1964年10月，公社组织该大队和生产队干部到先进大队参观取经，在参观霞云岭大队治理大南沟后，大家受到很大震动。参观回来后经过认真讨论和细致的思想工作，干部、社员一致同意改造三道沟，闸沟垫地。

1964年11月7日，沟道改造开始，大队投入以民兵为主的劳动力300多人，在“大干苦干，决心改变旧山沟；拦洪水，垒良田，建设山区要争先”的口号鼓舞下，社员们早出晚归，中午带干粮，冒严寒，凭着双手，仅用33天就完成了总长10多公里的鱼骨寺、井儿峪、台港三道沟的垒坝工程，其中闸鱼骨寺沟用了16天。工程共打石坝1100多道、新垫耕地200亩。全部工程用炸药600多公斤，工时10000多个。1965年春，社员们分三组，一组人刨坑，一组人从别处山坡背好土，一组人运肥，在三道沟新闸出的耕地上播种。他们在每个坑内放一筐好土，施入粗肥，再将土、肥拌匀，然后在坑内点种二粒玉米种子。当年秋季产粮食1.5万公斤，使三道荒沟变成了粮食沟。

1965年5月，房山县召开三级干部会议，庄户台大队被授予农业战线上的红旗单位。

拒马河畔小水电

20世纪70年代后期，随着全国兴修水利，发展小水力发电站热潮掀起。自1976年后，在市、县水利主管部门及有关单位大力支持下，公社开始有计划地开发拒马河水力资源，进行小水电建设。沿岸干部群众和小水电建设者们通过艰苦奋斗，精心设计，精心施工，一座座小型水电站相继投入使用。

拒马河畔的小水电，分为公社（乡镇）、大队（村）两级所有。

1977年，十渡人民公社建成西河电站。西河电站位于拒马河右岸，西河村东，为引水式电站。电站装机两台，总装机容量160千瓦，总投资61.9万元，其中国家投资30万元，乡自筹31.9万元，主要建筑物包括拦河坝、引水渠、泄水渠和厂房。拦河坝建在西石门村东与西河村西交界处，原为简易堆石坝，极易被冲毁。1985 年，水坝改建为铅丝石笼溢流坝，坝长 259 米，高 2.5 米。引水渠采用矩形浆砌石渠道，长 3150 米，底宽 4—6 米，流量 3 立方米每秒，水头差 9 米。电站厂房为浆砌石和混凝土结构，分为三层，即控制间层、设备层、泄水层，总建筑面积 252 平方米。

十渡人民公社（十渡乡），1980 年建成大沙地电站，电站装机 4 台，总装机容量 1280 千瓦，主要建筑物有拦河坝、引水隧洞、压力管道、厂房、尾水渠、生活区用房等。1987 年建成天花板一级电站，电站装机 4 台，总容量 750 千瓦，总投资 225 万元，其中国家投资 160.2 万元。电站位于拒马河右岸，大沙地电站下游 1100 米处，为引水式电站，主要由拦河坝、引水渠、机组、厂房、泄水渠组成。天花板二级电站与一级电站同期进行。二级电站总投资 158 万元，其中国家拨款 106.8 万元，乡自筹 51.2 万元，总装机 3 台，容量 500 千瓦，电站引水系统主要有拦河坝、引水渠、压力管道。

六渡人民公社（六渡乡），1980 年 12 月建成沟口电站，总投资 21.1 万元，其中国家投资 10.5 万元，乡自筹 10.6 万元。电站装机两台，容量 250 千瓦，主要建筑物有拦河坝、引水渠、厂房、尾水渠和变电站。同期建成小河南电站，装机 150 千瓦。

生产大队积极利用本大队水力资源，1977 年，七渡大队建成七渡电站，装机 125 千瓦。1978 年，霞云岭人民公社在鸽子台水库建成鸽子台电站，装机 55 千瓦。1979 年，平峪大队建成平峪电站，装机 250 千瓦。1978 年，西关上大队建成西关上电站，装机 125 千瓦。1979 年，后石门大队建成后石门电站，装机 110 千瓦。1979 年，六渡大队建成六渡电站，装机 125 千瓦。1980 年，九渡大队建成九渡电站，装机 150 千瓦。1980 年，西太平大队建成西太平电站，装机 26 千瓦。1982 年，西庄大队建成西庄电站，装机 110 千瓦。

随着小水电站的兴建，经济收入的增加，山区人民的文化生活不断丰富。据对拒马河沿岸的十渡镇 21 个自然村 4304 户的不完全统计，有 85%的农户购置了电视机、洗衣机、电冰箱等家用电器。其中，七渡、西关上等五个村利用自有电站优势和充裕的电能，解决了当地燃料紧缺问题，实现了以电代柴，做饭电气化，保护了山林植被，减少了家庭主妇的繁重劳动，使偏僻山区人民告别了昔日“日出而耕，日入而息”的封闭落后生活方式。

小水电建成十几年来，在为山区创造财富的同时，还为社会做出了贡献，取得了良好的社会效益，小水电除了满足当地用电外，还可以向国家电网输电。

由于连年干旱，拒马河水量锐减，部分水电站失去发电能力。2020 年，拒马河沿河小水电站完成了历史使命，全部拆除。

京原铁路到十渡

20 世纪 60 年代，为了应对可能发生的战争，党中央决定修建三线铁路。京原线是战时疏散北京党、政、军机关到太行山区的重要战备铁路，自北京市石景山南站，经良各庄、十渡、白洵、紫荆关、涞源、灵邱、平型关、繁峙、枣林、代县、阳明堡至山西省原平县，全长 418 公里，1965 年 11 月开工，1971 年 10 月 30 日通车，于 1972 年 12 月 31 日交付运营。1965 年，铁道兵 8719 部队、8717 部队先后到了十渡、六渡，开始在拒马河畔的群山峻岭中修建京原铁路。1970 年，房山县组建铁道民兵团，40 多个民兵连、近万名青壮年民兵与部队战士共同战斗在 10 多个工地。十渡、六渡分别组建了铁道民兵连，参加了京原铁路的修建工作。

京原铁路沿线地质情况复杂，地势险峻，沟深谷切，地形陡峻，桥隧毗连，桥高隧长，工程艰巨，战备工程要的是时间、速度，铁四师指战员和房山民兵团发扬“一不怕苦，二不怕死”的革命精神，不畏艰险，知难而进，“和帝修反抢时间争速度”。广大指战员和民兵手挽手，肩并肩，没有节假日，没有星期天，除夕春节照常施工，不断克服断层、溶洞、涌水、坍方等一个又一个困难，确保了工程进度。同各行各业支援国家建设的民兵一样，这里的民兵每日只有 6 毛钱和半斤粮票的补助，所在的生产队给记 10 分工。在施工中，有多位指战员和民兵献出了生命，也有多位指战员和民兵在工程中负伤致残。

湍急的拒马河，连绵的高山，隔断了十渡与外界的交往，也隔断了整个拒马河谷与外界的交往，直到民国初期，野三坡的山村还保留着明朝的生活风俗。平西抗日根据地的开辟和建立，开启了拒马河谷新的历史进程。

铁路通车，打开了十渡通向北京、通向全国的大门，沟通了十渡与北京、与全国各地的交往。十渡人真的耐不住了，在还没有开通铁路客车时，不少村和单位就组织大家坐货车去北京，看天安门，看公园，看宽银幕电影。虽然，列车在山洞里的轰鸣震得耳膜难受，隧洞里的煤灰，抹黑了衣服，抹黑了面孔，但人们依然非常兴奋。虽然坐的是货车，住得是澡堂，但进北京、进首都的激动和兴奋是难以言表的。

京原铁路的开通，迅速打开了进出十渡的大门。插队知青的宣传，下放干部的介绍，艺术院校师生的钟情，终于使一幅幅写生十渡的美术作品陶醉着一个又一个艺术的心灵，一幅幅十渡山水的摄影作品唤醒了各阶层人士亲近大自然的心灵，一条条乘火车游览十渡山水的信息点燃了游览十渡的欲望……

风景如画的十渡，随着列车的长鸣，踏着时代的脚步，有了越来越大的社会名声，有了越来越多的由衷赞叹，有了越来越多的游客身影。

每逢节假日，十渡便成了展示人间世态的舞台。每当旅客列车驶进十渡火车站的汽笛在山谷中回响，喇叭裤、连衣裙、太阳伞、太阳镜、录音机……从火车站的马路、小路，穿过十渡街，穿过古老的山村，熙熙攘攘，到拒马河边，到六渡，到平峪，到可以嬉戏停留的每一处风景点，构成了拒马河谷千姿百态的风景线。

从春到秋，特别是暑期，十渡成了名副其实的北方小桂林。

京原公路绕山梁

新中国成立后，社会主义建设需要人流、物流的畅通，首先需要便捷的交通保障。1956 年，北沟各乡在县委、县政府领导下，统筹各乡、高级社人力物力，开始了大石河谷公路的修建。劈山凿岭，修建永久性路段，以改变雨季断行状况。其中，上石堡乡、霞云岭乡、堂上乡分别组建修路队，三易寒暑，修通了上石堡至霞云岭 8 公里、大地港至堂上村 4 公里的永久性路段。

20 世纪 60 年代，中苏关系恶化，中美局势紧张。国家为适应备战新形势，1964 年 8 月，由国家建委召开一、二线搬迁会议，提出要大分散、小集中，少数国防尖端项目要“靠山、分散、隐蔽”。1965 年，为加强三线建设，国家开始修建 108 国道。

108 国道起自北京复兴门，至山西省原平县，全长 511 公里。房山境内长 99.15 公里，东西横贯房山北部山区，与纵贯区域东部的京石公路一起构成房山公路网的经纬向骨架。108 国道自门头沟区经房山区北部松树岭隧道入境，南延经三十亩地至东庄子，跨大石河东庄子桥后始西折，蜿蜒伸展在大石河河谷，沿途经河北、班各庄、长操、霞云岭、宝水等村落，自鱼斗泉村西出境，进入河北省涞水县，再继续西延直至山西省原平县。

108 国道房山段所经之处多高山峡谷，工程险巨，动辄劈山越涧，有东庄子桥、红煤厂桥等大小桥梁 33 座，最长桥梁东庄子桥净跨 30 米，6 孔，长 215 米，似幽涧飞虹跨大石河而过。云峰隧道为房山公路隧道中最长隧道，长 1104 米。1969 年 9 月，108 国道竣工通车。

为了确保京原线按时公路通车，108 国道沿途各公社、大队、生产队和干部社员，将个人利益、生产队利益、大队利益服从于国家利益，为国家建设拆迁光荣，为国家建设出让土地光荣，国家利益高于一切。

京原公路的建成，便捷了河北、山西、北京三省市的道路交通，而且推动了山区公路交通建设，进而打开了霞云岭、蒲洼等山区村落多年封闭的大门，在山区资源开发、经济振兴中起着重要作用。

张宝公路穿山谷

张宝公路是连接战备路 108 国道和京原铁路附线的一条重要公路，也是贯通河路沟的一条重要公路。

千百年来，拒马河挡住了人们走出大山的路。从张坊到龙安，过一次拒马河，叫一渡；走到沈家庵，第二次过拒马河，到千河口，叫二渡；从千河口第三次过拒马河，叫三渡……一直过十次拒马河，也就到了十渡。从张坊到十渡，由于狐狸险、百尺岭、片岭太陡太险，走不了牲口，行人也异常艰难。

从十渡到蒲洼，要沿着宝水河谷，行走乱石滩，蹚河过河道，攀崖过石壁，爬坡过山岭，世世代代行路艰难。

新中国成立后，社会主义建设热火朝天。在县委、县政府领导下，1959年马安人民公社组织民工，劈开了片岭的山崖，修通了张坊到十渡的公路。第一辆汽车开进了十渡，人们像过节一样，兴高采烈，纷纷到公社大院看汽车长得啥模样。

1960年，马安人民公社又组织全社劳动力，不避险阻，修通两峪口，劈山越涧，修通了两峪口至蒲洼的公路。1964年，公共汽车驶进了十渡，结束了千百年步行、骑牲口进出十渡、蒲洼的历史。

蒲洼人民公社1972年组织民工修建蒲洼经黄土岭至京原路的路段，1974年竣工，张坊至京原线贯通。1980年至1981年，建成横越拒马河的8座永久性钢筋混凝土漫水桥，结束了拒马河年年搭桥的历史。1983年，张坊至十渡路段改建。1987年，该路段全线改建成三级标准公路。

十渡花椒

花椒，在中国有着悠久的栽培、药用、生活用的历史。在古时候花椒有祭祀、酿酒、入药、驱虫、装饰房屋等多种用途。在周朝，花椒曾当作定情之物，《诗经·陈风·东门之枌》写道：

东门之枌，宛丘之栩。子仲之子，婆娑其下。
穀旦于差，南方之原。不绩其麻，市也婆娑。
穀旦于逝，越以鬷迈。视尔如荍，贻我握椒。

屈原在《九歌》中写道：“蕙肴蒸兮兰藉，奠桂酒兮椒浆。”这是说要用香草做出来的菜肴和花椒调制的美酒，敬献给尊贵的神明。陆游在《己巳元日》有“曾孙新长奉椒觞，儿女冠笄各缀行”，记述儿孙向他敬奉椒酒的场景。《神农本草经》中记载花椒能“坚发齿”“耐老”“增年”。《本草纲目》中记载花椒能“解郁结，通三焦，温脾胃，补右肾命门，杀蛔虫，止泄泻”。

花椒树曾经是十渡地区最主要的经济来源。十渡地区的纬度、海拔等地理环境为花椒生长提供了良好的自然条件，花椒树也就成了十渡地区最重要的油料作物和经济作物。十渡地区也成为北京市最主要的花椒产地。

十渡地区有很长的种植花椒的历史。花椒作为调料，20 世纪 50 年代后期，能出口苏联等国家，是重要的出口物资。20 世纪六七十年代，一斤干花椒卖到 2 元 8 角到 3 元多。生产队在不少的山坡地边上都栽上了花椒树。

生产队时期，每一小块地，都种得非常认真。就是老山坡尖儿上的地，也种得丝毫不含糊。春天上足农家肥，庄稼长出来要锄几遍，无论大块小块，地力都很足。地里肥多，地边地角树木得益，花椒一般长得都好。马安村花椒最高年产达 5.5 万斤。

“花椒秋”也就成为十渡地区的一个重要收获季节。每到立秋节气后，各村都要停止各项活动，男女老少，全力以赴摘花椒。天刚蒙蒙亮，人们就已经到了花椒树下开始摘花椒。马安村各队至少要用两周的时间摘花椒。20 世纪六七十年代，十渡的中小学都要放花椒秋假，到生产队摘花椒。花椒秋假是十渡地区学校特有的假期。摘花椒都是按斤记工分。即使是学大寨时，也是按斤计分，多劳多得，少劳少得，不劳不得。

中苏关系恶化，花椒出口受阻。北京市供销社 30 万斤花椒没有销路。但市政府为了保护生产队社员群众的利益，北京市供销社依然按以往的价格收购十渡地区的花椒，确保社员群众不受损失。

花椒籽是十渡地区的主要油料。村里人都要用花椒籽熬油。炒熟的花椒籽，熬出的花椒油椒香味更浓。浓浓的椒香味，特别诱人。花椒油不但可以食用，没有煤油时还能用来点灯。

赤脚医生的故事

新中国成立后，房山县形成了县、公社、大队三级医疗体制。到 1970 年，六渡、十渡、蒲洼、霞云岭四个公社各个大队，都建起了合作医疗。

生产大队合作医疗，是由大队、生产队和社员自筹资金建立的互助互利的集体医疗福利制度。合作医疗资金各大队自筹，金额不一，一般每人交

1.5元至2元，生产队公益金补贴每人5元至10元，大队补贴每人5元至10元。资金由大队合作医疗站统一使用，主要是购买一部分药物和支付社员大病外出就医。各大队拨给合作医疗土地，种植中成药，组织社员主要是赤脚医生大量采集中草药。当时，还大力推广快速针灸疗法。赤脚医生由大队记工分。社员看病拿药，一般只收5分钱手续费。社员主要在本大队就医，若在外就医，须经大队合作医疗站同意，并到指定医院就诊，药费按30%—50%不等的比例报销。

大队的赤脚医生住在村里，不值班就要到生产队参加劳动。不管值不值班，不管白天黑夜，不管刮风下雨，不管哪家有病人，都是随叫随到。三个公社有不少居住分散的大队，赤脚医生出一趟诊，常常是大半夜，甚至一整夜。赤脚医生都是本村人，挣得是大队的工分，对社员有很强的责任心，认真为病人看病，按时为病人打针。能在大队治好的病，就不出村治；拿不准的，就请教公社、县医院的大夫；治不了的，就建议联系送医院治，病情严重的，都要亲自陪着病人到医院。为了提高医术，他们还要孜孜不倦自学医学知识。

针灸疗法见效快，社员不用付钱就可以治病，但需要赤脚医生的热情服务和无私奉献。公社、大队要求赤脚医生要人人学会针灸，人人成为针灸行家。针灸疗法成为赤脚医生的常用疗法。社员赞誉赤脚医生是“小小银针治百病，小小药箱暖人心”。

合作医疗制度建立后，西太平大队迎来的第一个考验：1970年初春时节，全村黄疸型肝炎爆发式流行，680多口人，80%的人患病。当时，治疗黄疸型肝炎，西药没有特效药。面对大面积的传染，赤脚医生刘殿财查阅《本草纲目》，又根据在北京同仁堂学徒时的知识，特别是在山村行医的经验，决定全民到山上收集黄栌叶，采摘黄栌嫩尖，各生产队熬黄栌水，有病的多喝治病，没病的少喝做预防。经过一段时间的治疗，全村人恢复健康。

当时六渡、十渡、蒲洼、霞云岭四个公社，十渡大队人口最多，合作医疗行医任务重。年轻的女赤脚医生齐树香比男赤脚医生还多一项任务，就是接生。那个时候，孕妇生产都是在家中，大多数就是在土炕上接生。没有什么卫生设施，接生风险很大。齐树香从没有顾忌个人风险，一心想的就是为社员服务，保障大人、孩子平安。为了做好接生工作，她首先是摸清全村孕妇怀孕情况，了解每一位孕妇的预产期，做好消毒、应急等各项准备工作。孕妇家里一打招呼，她便马上赶到孕妇家中进行接生，有时是几个小时，有时甚至是一两天。齐树香服务热情，医术娴熟，工作认真，每年接生几十名新生儿，没有发生过一次医疗事故，深受广大社员称赞和爱戴。

十渡公社是北京市学大寨先进公社，公社党委对齐树香的工作业绩给予了充分肯定。1977 年，党的十一大召开，齐树香光荣当选为党的十一大代表，到北京参加了党的代表大会。

20 世纪 80 年代初，农村实行联产承包责任制，土地承包分散经营。村合作医疗站由赤脚医生个人承包，合作医疗没有了生产队、大队的资金支持，赤脚医生没有了工分收入，成为个体行医者，各村合作医疗站大多解体。

房山绒山羊的故事

辽宁绒山羊是目前世界上绒毛品质优良、产绒量最高的白绒山羊品种，以体大、产绒量高、适应性强、遗传性能稳定、改良各地土种山羊效果显著而在国内外享有盛誉。

1982 年 9 月，西太平大队由县畜牧局科技人员指导，从辽宁省引进优质纯种绒山羊 243 只，与本地山羊杂交，获得成功。经三代横交固定，培育出优良品种房山绒山羊。经测定，其中第三代杂种母羊产绒量比本地羊产绒量提高 5 倍至 7 倍，羊绒的长度为 5.0 厘米至 5.5 厘米，细度为 14.5 微米至 16.0 微米，而且含绒量高，受到纺织部门的欢迎。当年，每养一只绒山羊比养一只本地山羊多收入 70 元至 100 元。十渡乡西太平村通过科学饲养绒山羊 3800 只，几十个专业户养羊致富。1988 年，房山区政府针对山区养羊实际，提出改良品种、改良草场、改良传统的饲养方式，大量饲养改良羊的“三改一养”方针，建设蒲洼、十渡等七个山区乡级种羊场。

1989 年，在蒲洼乡议合村椅子圈建成区级种羊基地一座，为本区提供绒山羊种羊，还供应兄弟区县及河北、山西、新疆等六省区。

1989 年养羊量达到高峰，蒲洼乡议合村 290 口人放养绒山羊 1770 只，仅羊绒一项收入预计达 18.5 万元，占农业收入 90%，人均出售羊绒收入 648.1 元。

为促进绒山羊相关产业的发展，房山区举办两届绒山羊赛羊会。第一届于 1989 年 4 月 14 日在十渡乡举行，有十渡、蒲洼、六渡、张坊等乡的 44 只优良绒山羊参加比赛，评出 10 只优秀绒山羊，并向其饲养者颁发奖状和奖金。1990 年 4 月 2 日，举办第二届绒山羊赛羊会。

1998 年，北京市、房山区政府出台九项富民政策，鼓励发展养殖专业户，尤其山区养羊专业户可贷款两万元，政府给予贴息，对于自筹资金发展养羊的专业户按两万元贷款利息享受奖励，因此养羊专业户不断增加。从 2000 年起，市、区政府出台鼓励建设养殖小区，凡达市级标准的养殖小区奖励 20 万元，达区级标准的奖励 5 万元。2002 年，全区累计养羊 59.4 万只，养羊户均效益超万元的达 70% 以上，山区饲养绒山羊的比例占养羊量的 50%。

2001 年，蒲洼乡议合、十渡东太平、西太平等建立舍饲养羊示范点，配制饲料加工设备，秸秆利用率均达 100%。2004 年，为保护山区植被，建设生态农业，养羊由放牧改为舍饲，养羊量逐渐下降。

房山绒山羊成为房山山区农业发展的浓重一笔。

四马台村“以黑养绿”的故事

张进来，男，1953 年出生，北京房山人，中共党员，1990 年起在四马台村任党支部书记兼经联社长。他 1995 年至 1999 年连续被评为区级劳动模范，1995 年被评为北京市劳动模范，1996 年被评为北京市优秀党支部书记，1999 年获得全国“五一”劳动奖章，2000 年被评为“全国劳动模范”。在张进来的带领下，四马台村曾先后被授予“全国持续农业发展示范村”“全国绿化千佳村”“全国小流域综合治理示范村”“首都文明村”“北京最美丽的乡村”等荣誉称号，同时四马台村党支部被评为“全国先进基层党支部”。

1990 年，张进来带领新一届支部班子抓住煤炭经济规模化管理的机遇，确定了“以煤炭为突破口壮大集体经济”的发展思路，先后采取了三项措施：

一是将个人承包的煤矿收归集体管理；二是建立各项管理制度；三是实行技术改造，提高原煤产量。当年产量就达10万吨，年产值达960万元，煤矿真正成为村里的支柱企业。

1994年，四马台村实行“以黑养绿、以绿致富”的战略，用村煤矿收益投入小流域治理。至1998年，四马台村水土流失面积减少到1.9平方公里；林草覆盖率由60%提高到90.5%；水土流失侵蚀模数由763.9吨/年/平方公里下降到385.38吨/年/平方公里。1999年9月，该小流域被水利部列入全国“十百千”水土保持生态建设示范小流域；2000年3月，被水利部和财政部命名为“全国水土保持生态环境建设示范小流域”。

1994年至1998年，四马台村在大坨根、下南坡、南梁、白胡子、扎水平条地种植仁用杏树。每年村里把煤矿收入中的40万元至50万元用于发展生态农业和仁用杏产业。1996年，四马台村被农业部评为“全国农村和农业持续发展示范村”。

1997年8月27日，中共中央办公厅、国务院办公厅发出《关于进一步稳定和完善农村土地承包关系的通知》，明确规定：土地承包期再延长30年不变，营造林地和“四荒”地治理等开发性生产的承包期可以更长。1998年初，四马台村委会将66.67公顷精品杏园按区域划分为两个农场，实行股份制经营，以集体、个人入股，做到户户有股，家家参与，筹集资金42.5万元，用于基础设施建设和杏树管理。至1999年末，仁用杏树按人分户经营管理，村集体实行秋翻地、打药、剪枝等统一服务。村内每年每亩果树给予补贴款200元，后增至400元；每年给农户发放粮食、食用油等补贴和相关的福利待遇。

1998年，四马台村村集体开始资源开发，旅游和煤矿实行可持续发展战略，村集体和村民个人入股办煤矿，风险共担，资源共享。2002年，四马台进行社区股份合作制改革；2003年6月，村民按入股比例进行第一次分红，每股分红880元；2009年，村民每年每股分红1.2万元；2005年，启动新农村建设工程；截至2009年底，全体村民全部住进了双层别墅住宅。

张进来坚持“两手抓，两手硬”，建设文明富裕的新农村。一是抓村民道德建设，建立共产党员包户制度；二是抓好教育文化等基础设施和村镇建设，先后投资400多万元建设学校、图书室、共产党员活动室等设施；三是完善各项制度，建设一个勤政廉洁的班子，他在村里建立了目标岗位责任制度、两公开一监督制度。在繁忙的工作之余，他经常深入到群众中去，尤其是对于一些困难户、五保户，了解他们的生活情况，问寒问暖，帮助他们解决生活中的实际困难，成为百姓的贴心人。每年春节，村集体都出资走访慰问困难户、孤寡老人、军烈属和离休老共产党员。同时，他鼓励有致富能力的共产党员与贫困家庭结成帮扶对子，帮助其解决实际困难。

2010年5月31日，房山区区委、区政府发出《2010年房山区关闭小煤矿工作方案》，决定2010年关闭全区现有18座小煤矿，5月底四马台煤矿完成煤矿关闭任务，6月30日前分时期完成人员遣散。煤矿关闭后，四马台村1000多人失去主要收入来源，近400人失业，46户50余辆运输车停业。四马台村积极实现产业转型，以生态建设为主题，以生态友好产业发展为手段，以基础设施和公共服务建设为支撑，依托霞云岭乡百里核桃带、万亩仁用杏有机食品基地等资源优势，2010年8月8日，建成农副产品深加工企业——北京百草畔帅旭植物油有限公司。利用关闭煤矿后闲置的房屋进行改造，成立了沟域经济实体开发公司，对荒山荒地进行改造，以种植中草药为主，并发展林下经济，发展生态旅游，建成黄芩深加工厂，开发精品黄芩茶、黄芩茶饮料等系列产品。挖掘矿冶文化，建造矿山博览园，将原有煤矿改造建设成矿山文化公园，景点分为采矿遗迹观光区、生态复垦休闲区、矿山工业博览区、矿山公园服务区。2010年7月，四马台村成立“北京聚源鑫博实投资管理有限公司”，开始了转型发展的新时期。

小流域综合治理

从新中国成立开始，水土保持一直都是山区水利工作的重点。20世纪50年代，主要以干砌石谷坊坝、干砌石拦沙坝、定向爆破等沟道工程为主。山区各村修建干砌石拦洪坝，修梯田，封山育林，营造水土保持林，山区水土流失得到初步治理。20世纪六七十年代，主要是兴修水利，挖渠引水，建扬水站引水上山，扩大水浇地面积。

1982年6月，国务院颁布《水土保持工作条例》，各公社成立了水利水保管理站。水土保持工作由单一的沟道谷坊工程转为以小流域为单元，全面规划，综合治理、连续治理，以点带面，点面结合，全面实施小流域综合治理。1997年，实施“山区水利富民”，小流域综合治理得到大力推进。1950年至2006年，全区综合治理了十渡镇、蒲洼乡、霞云岭乡等乡镇的20余条小流域。

四马台小流域位于霞云岭乡西北部，包括四个自然村，流域面积18.5平方公里。该流域综合治理分两个阶段，1950年至1988年为第一阶段，治理水土流失面积3.5平方公里；1989年至1998年为第二阶段，四马台村坚持“以黑养绿”的策略，坚持用村煤矿利润投入小流域治理。项目内容包括修建塘坝、挡碴墙、蓄水池、打谷坊坝、排洪沟，架设引水管路，发展节水灌溉，改良天然草场。水土流失面积由12.7平方公里减少到1.9平方公里；林草覆盖率由60%提高到90.5%。1999年9月，该流域被水利部和财政部命名为“全国水土保持生态环境建设示范小流域”。

蒲洼小流域位于蒲洼乡，包括宝水、东村、富合、蒲洼四个村，流域面积40.5平方公里。蒲洼小流域作为“北京西南山区小流域综合治理示范区”，于1987年被列入“北京市山区小流域治理及可持续发展示范研究”项目，1991年该流域被北京市科委列为“八五”计划期间“北京市西南山区小流域综合治理示范研究”重大科技攻关项目。该项目包括开泉，建塘坝，建蓄水池，架设引水管路，建干砌谷坊坝、浆砌谷坊坝，闸沟垫地，此外栽培用材林920公顷、经济林246.73公顷，人工种草466.67公顷，封山育林1000公顷。工程项目治理水土流失面积30.2平方公里。通过综合运用生物措施和农业耕作措施，研究、引进、推广各类先进技术，使示范区经受住了干旱和洪灾的考验，综合效益显著，水土流失治理率达到83.9%。流域内林草面积从52.9%上升到93%，增强了流域蓄水保土能力。

1997年10月，蒲洼小流域通过北京市科委组织的专家验收。“北京西南山区小流域综合治理示范研究”项目获北京市科技进步二等奖。2000年10月通过水利部、财政部“十百千”示范小流域验收。

杨成武等老将军倡议建立平西抗日烈士陵园

拒马河畔儿女的社会主义新生活，是无数革命先烈用鲜血和生命换来的。在抗日战争时期，在解放战争时期，拒马河畔经历了战争的不断洗礼，在社会主义革命和建设时期，拒马河儿女投入到轰轰烈烈的社会主义各项事业中。在抗日战争、解放战争、社会主义革命和建设中，无数的中华民族优秀分子、拒马河的优秀儿女，为反抗日本帝国主义侵略、为打败国民党反动派、为建设社会主义新中国，献出了自己宝贵的生命。

赓续红色血脉，传承红色精神。1985 年，曾长期在平西参加抗战的萧克、杨成武、萧文玖等老将军倡议，在十渡建立平西抗日烈士陵园，以永远缅怀抗日战争期间在平西牺牲的先烈。1985 年 9 月 18 日，房山县第七届人大常委会第十三次会议决定，在十渡龙山建立“平西抗日烈士纪念碑”。

在纪念中国抗日战争和世界反法西斯战争胜利四十周年之际，为了缅怀抗日战争中在平西牺牲的烈士的英雄业绩，对子孙后代进行爱国主义和革命传统教育，房山县第七届人大常委会第十三次会议讨论通过，接受平西抗日斗争史编写组的委托，决定在本县十渡乡卧龙山山头，建立“平西抗日烈士纪念碑”。

1985 年 10 月，“平西抗日烈士纪念碑”在拒马河畔十渡的龙山上落成。碑阳镌刻着原挺进军司令员萧克手书的十六个金色大字：“抗日战争在平西牺牲的烈士永垂不朽”，碑阴是由延安时期的著名作家苗培时撰文、书法家金寄水书写的朱红色碑文，碑文 1200 字。

烈士陵园碑亭的南面，树立着参加平西抗战的将军墓碑，在碑亭北面，筑有 100 座书卷造型的墓碑，上面刻有在平西抗战中牺牲的 4325 名烈士中 100 位烈士的姓名和生平。

1988 年在各级组织的关怀下，在纪念碑上加修保护亭，同年 10 月 8 日举行了碑亭落成典礼。

1989 年 10 月，平西抗日烈士纪念馆在龙山东侧的山脚下奠基，主体结构为三层楼体，建筑面积 800 平方米，以收集、展示平西抗日斗争历史的实物、文字、图片资料。1992 年 3 月 26 日，“平西抗日烈士纪念馆”在平西抗日烈士陵园正式开馆。

1996 年 9 月，北京市人民政府为平西抗日烈士陵园立碑。平西烈士陵园碑铭刻着：

全国重点烈士纪念建筑物保护单位

平西抗日烈士陵园

中华人民共和国国务院一九九六年三月三十一日批准；

中华人民共和国民政部一九九六年四月十二日公布；

北京市人民政府一九九六年九月立。

平西抗日烈士陵园成为社会各界人士缅怀纪念平西抗战英烈的纪念地。1996 年，平西抗日烈士陵园被民政部命名为“全国爱国主义教育基地”，被北京市命名为“北京市国防教育基地”。

1999 年，曾经在平西战斗过的萧克、杨成武、郑天祥、李运昌、李宝华、孙毅等六位老将军联名给中央领导同志写信，要求扩建“平西抗日烈士纪念馆”，建立“平西抗日战争纪念馆”。经中央领导批示，中共北京市委书记派市委副书记到平西烈士陵园调查，决定扩建平西烈士纪念馆。经房山区委、区政府筹建，2005 年 8 月 29 日，“平西抗日战争纪念馆”在平西抗日烈士陵园隆重开馆。

江泽民为“红歌”创作地题词

平西抗日根据地是抗日战争时期华北地区抗日的主战场之一。1943 年 10 月晋察冀边区群众剧社（原铁血剧社）40 多人到平西根据地宣传抗日。当年 19 岁的曹火星和其他三位队员到堂上村，白天组织村剧团演出文艺节目，晚上从事歌曲创作，他们居住在该村中堂庙内。小分队利用当地流行的“霸王鞭”民歌曲调填新词，创作了四首抗日歌曲。曹火星针对蒋介石在声称“没有国民党，就没有中国”的言论，谱写了《没有共产党就没有中国》的歌曲传唱，宣传中国共产党的抗日救国主张。

2001 年是中国共产党诞辰 80 周年。3 月 5 日，霞云岭乡堂上村的 66 名党员怀着深厚的感情，致信时任中共中央总书记江泽民同志：“这里是平西抗日根据地，村里的党员群众已经把这首歌唱了近 60 年，我们一直有个愿望，就是在村里建立一个教育基地。我们全村老幼希望您给我们这个纪念地亲笔题写‘没有共产党就没有新中国’的文字，让全国人民都知道这段历史，让世世代代都会唱这首歌，记住中国共产党的丰功伟绩!”江泽民同志看到这封信，欣然应允，挥毫题词：“没有共产党就没有新中国”。

2001 年 6 月 13 日，区委做出《关于在全区认真开展学习、宣传江泽民总书记〈没有共产党就没有新中国〉重要题词的通知》，要求全区各级党组织和全体党员结合学习江泽民的题词，唱响共产党好、社会主义好、改革开放好的主旋律，加强党的思想、组织、作风建设。强化舆论导向，进一步弘扬主旋律。区直各单位、各乡镇积极落实区委决定，开展宣讲光辉革命历史，唱响主旋律的红歌比赛和各种纪念活动。区委、区政府特请艺术家赶制雕塑，将总书记题词镌刻在纪念雕塑上，并积极组织力量加快纪念馆建设。

2001 年 6 月 27 日，时任中央政治局委员、北京市委书记贾庆林等领导同志与歌曲作者曹火星的女儿曹红怡为纪念雕塑揭幕。雕塑立于曹火星当年住过的小屋门外。巨型地球仪上竖起一面迎风飘扬的红旗，纪念雕塑象征中国共产党领导中国人民走向胜利、五星红旗永远高高飘扬的寓意。中共北京市委决定把这里建成永久性的爱国主义教育基地，《人民日报》等 28 家媒体报道了这次活动，这对房山乃至全市都是极大鼓舞。堂上村如今已经成为党建教育和爱国主义教育的红色基地。

卧龙村“一站一园”带领村民脱贫致富

近年来，十渡镇卧龙村以产业为引领，因地制宜，打造了中医药养生旅游驿站项目和黄花塌生态园，不仅扮靓了村庄环境，也让村民走上了脱贫致富路。

走进黄花塌生态园，就能看到曾经的山间小路，如今变得宽敞整洁。沿路行至半山腰，便能把百亩杏花尽收眼底，杏树生长在梯田中参差错落，远处是层峦迭嶂的苍山，近处是满目粉白相间的细小花瓣，尽显温柔雅致。完善的设施、清新的空气，优美的环境，不仅让游客流连忘返，也让村民尝到了甜头。自从开了生态园，村民刘海花就在家中做起了民俗接待。

目前，卧龙村的民俗户由原来的 4 家增加到 7 家，可以同时接待游客 500 人。除了民俗接待，让村民脱贫致富的还有村里的支柱型产业——林下种植中草药。

2017 年，卧龙村确定了中医药养生旅游驿站项目，与北京首诚航天农业生物科技有限公司合作，探索实现“农民种植＋企业研销”的发展模式，达到互利互赢的经营效果，打通产品从田地到市场的每一个环节，将“输血式”帮扶转变为“造血式”帮扶，使帮扶项目得到可持续发展。而林下种植的中草药一年四季都有花开放，更为生态园增添一抹风采。

2018 年，卧龙村种植的贵妃菊销售额近 14 万元，壮大了集体经济发展，使低收入村的“造血”能力逐渐形成。截至目前，卧龙村脱低 117 户 224 人，低收入户人均年收入增加到 15093 元。

这“一站一园”，真正让村民走上了致富路。

西太平村转型发展的故事

从 20 世纪 80 年代到 21 世纪初，西太平村以养羊出名，210 户村民养羊 6000 多只。高品质的羊绒曾吸引美国商人专程来村采购。老书记因为带领大家养羊致富，还被评为北京市劳模。

可山羊有一点不好：啃树叶吃青草，连树皮草根也不放过，羊蹄所至好比铁锄犁地，斩草除根，久而久之，山就被啃秃了。21 世纪初，随着退牧护林、生态涵养等政策出台，西太平村民告别了让人又爱又恨的羊群。随后封山育林，眼看大山一年年又绿了起来。

然而，山高坡陡、谷深地薄、七山二水一分田的村子没了产业。大家守着好山水，却过着穷日子。2016 年，全村 92 户 164 名村民被认定为低收入户，西太平村也戴上了低收入村的帽子。村里一连开了四次村务研讨会，号召全体村民迎难而上，端起旅游“饭碗”，然而应者寥寥。

要想搞旅游，资源是前提，可由于历史原因，西太平村的5000亩林场和库容17万立方米的水库都被低价租给了一家公司，留给村里的只有一条山路和一条排水沟，这便是大家打退堂鼓的原因。

不破不立。在十渡镇党委政府的坚强领导下，西太平村历时四年，终于依法收回了林场和水库。其间，不甘心受穷的村里人也没闲着，在村干部的带领下，大家去了不少乡村旅游搞得好的山村学习，最近的没离开十渡镇，最远的到了山东淄博中郝峪。“尤其山东之行，让大家感触很大，为什么人家凭着山水特色风光走上了绿色发展之路，家家有小汽车，盖新房，绿水青山成了‘绿色银行’。”干部村民表示，一定要向中郝峪学习，要把西太平村的生态环境优势转化为旅游资源和绿色发展优势。

要想富，先修路。西太平村首先把原来的石子山路，拓宽铺油，变成了柏油路，并改名“致富路”。借助政府的各种“脱低”政策，村里引来了一个又一个低收入帮扶项目。仅用三年时间，村里就修建完成1万余米登山步道、2000余米环池步道、休憩观景亭12处，以及戏水平台、天池瀑布、五彩池等20余处景观，还在山间种植了黄栌、金叶榆等3万多株景观植物……到2019年，全村低收入户已全部摘帽。刚干旅游，村民两眼一抹黑，村里请来专家办起免费培训班，又把在十渡景区工作多年的几位村民叫回村，负责景区管理。

在景区建设的同时，西太平村在十渡镇政府的支持下，以村集体名义成立了两家运营公司，目的就是带领大家按照制定好的发展规划，守护好这片绿水青山。有些景区，山水资源很好，游客多了，自然财源滚滚，但污染也随之加重。经过学习讨论，村民们达成共识：没了绿水青山，哪能有金山银山？

说干就干，西太平村利用村民闲置房屋建设七处高端民宿，村集体统一经营管理，统一定价分配客流，全村旅游民宿实现良性循环，避免了村民们无序竞争。景区开业后，全村年营业额可达30余万元，并直接提供了35个就业岗位。

为了让村民不光有活干、有工出、有钱拿，村里还细化出了集体经济收益分配制度，开展集体资产股份制改革，探索实施“公司＋项目＋村民入股”的综合性发展模式，实现人人当股东、户户当老板、家家能受益。

北京最美丽乡村——四马台村

霞云岭乡四马台村位于北京西南 120 公里的百花山麓，因一块巨石酷似四匹奔腾的骏马而得名，海拔 900 米，森林植被覆盖率 90％，夏季最高温度 25 度左右。四马台村有住户 310 户，1100 口人。总面积 19.1 平方公里，是全国有名的“全国农业和农村持续发展示范村”，“全国绿化千佳村”“全国小流域综合治理示范村”全国五个好村党支部之一，还是京郊有名的避暑胜地。2007 年，获评“北京最美丽的乡村”。

2007 年，四马台被列为北京市新农村建设试点村，经过党员和乡亲们的共同努力，到 2008 年，农经贸总收入实现 13694 万元，同比增长 13％；上缴税金 600 万元，同比增长 10％；人均劳动所得 20488 元，同比增长 15％，并一直保持稳固增长。目前，四马台村家家住别墅，户户生活现代化，是全区数一数二的小康村、幸福村。

以前，四马台靠挖煤创收，着实富了一把，然而国家出台了关闭小煤矿政策以后，经济却没因此而下滑。原因何在？党支部在乡党委的引导下，按照市委市政府对首都西南生态涵养区的功能定位，强化“经营山区”理念，调整产业布局，贯彻实施了绿色生态之乡、旅游观光之乡、干果精品之乡和国家森林公园景区的“三乡一区”发展战略，干部群众艰苦创业，求真务实，充分利用本地优势，大力发展观光旅游和民俗旅游，以此带动农业产业快速发展，走出了一条可持续发展之路。

四马台以旅游为龙头，围绕白草畔自然风景区做文章，投资 6000 多万元修建景区道路，兴建旅馆、酒店、商业街，开发了鲲鹏大峡谷，治理了花港沟水源地，修建了水库、环形观光路，建成了京郊有名的避暑胜地。与此同时，引领乡亲们搞民俗游，将住宅分别开发成三、四、五星级农家院接待游客，一户一品、统一定价，统一管理。每逢盛夏，优美的环境、新鲜的空气、宜人的温湿度，像磁石一般吸引了来自北京、天津等地的游客们。

四马台以旅游带动农林产业，打造循环经济，“以绿兴旅、以旅富民”，开垦5060亩梯田，种植仁用杏35万棵，年产仁用杏30万斤，收入450万元；引进最新研究成果和专利技术，开发具有地源特色的杏产品加工产业，引进了国内先进的热压榨机械流水线，成立了天然植物油压榨公司，产业发展占据了一席之地，同时进入了国际市场出口创汇，实现年产值1000万元；在杏林间种植草药黄芩，黄芩根部作为药材出售，茎部和叶子加工制作精品黄芩茶充实旅游市场，打造绿色天然饮茶品牌；种植落叶松7600亩，在松林里种植野山菌，供游客采摘品尝，制成干品销售；利用山间林木茂盛，百花盛开，蜜源丰富的有利条件，建起500箱规模养蜂场，开发蜂蜜、蜂胶、王浆、花粉系列产品，丰富游客参观购物。诸多产业逐步打造出一种全生态的循环经济模式，形成了一条适合自身发展的农村产业链，既巩固增大了集体经济，又为百姓的增收致富开辟了广阔的道路。

新农村建设开始以后，村里开始了险户搬迁、旧房改造和中心村建设，建起了别墅和老年公寓，配备了太阳能热水器、独立卫生间；整修、硬化了主路、支路和宅前路，安装了自来水，建起了污水处理站，修建了防洪坝，安上了太阳能路灯，安放了垃圾桶，配备了垃圾清运车，成立了清洁队，建起了卫生服务站；村委会安装了宽带，建了图书室、数字影院、文化广场和老年活动中心。村委会建立健全了各项规章制度，利用广播、雕塑等形式，加强了对村民的思想教育，成立了文艺演出队，科技宣传队……

总之，在党的热情关怀与积极引导下，四马台村的乡亲们提前跨进了现代化，基本实现了就地城市化，在大山深处，成功地打造了一个全国有名的“社会主义新农村建设之星”。

十渡蹦极

挑战自我，挑战极限，是当代不少年轻人的性格特征。蹦极，正是人们挑战自我、挑战极限的体育项目。

八渡村的麒麟山，是青径山延伸到拒马河边的第一座山梁，屹立在拒马河中的望佛台，始终是广大游客流连忘返的地方。在望佛台的西面，是陡峭的悬崖峭壁，矗立在蜿蜒、秀美的拒马河中。

北京拒马娱乐有限公司请新西兰专家前来考察，又经过多方论证，一致认定此处悬崖峻峭陡直，河水平缓，河面宽阔，非常适合建造跳台，是建立蹦极项目的理想场地。

1997 年 5 月，十渡拒马乐园在八渡麒麟山的悬崖上建成了国内首家蹦极跳台。跳台距离水面垂直高度 48 米，1997 年 5 月 18 日正式营业。1998 年 4 月下旬，在其旁又兴建了一座 55 米高的跳台。著名歌星景岗山、孙悦，著名主持人周涛都曾来此体验蹦极运动。

蹦极是释放内心压力的刺激性运动，更是勇敢者的运动。站在蹦极跳台上远眺，青山绿水，心旷神怡，当俯视跳台下，很多人会心惊肉跳。当身体失重的那一刻，人的意念短暂丧失，人的烦恼、焦躁等情绪顿时无影无踪了……所以，人们总有挑战蹦极的欲望。

生命是最为宝贵的，安全是至高无上的。十渡拒马乐园在十渡蹦极所用设备，包括绳索、弹性绳、踝部安全带等均是从新西兰进口。每根弹性绳在新西兰做疲劳试验可达 2000 次，为确保安全，在十渡蹦极跳，使用次数的最高标准是 500 次，踝部安全带每使用 3000 次就得换新，确保了十渡蹦极跳的设备都具有绝对的安全系数。

为了确保安全，十渡蹦极跳严格限定参与蹦极跳的身体要求：心脏不好或者有高血压的人绝对禁止进行蹦极；对有关节痛、曾经得过腰椎间盘突出、曾经骨折过的人也严格限制参加蹦极；对患有眼疾的人，比如青光眼、深度近视的人，不提倡参加蹦极；对参加蹦极的年龄，也规定了明确要求，15 周岁以下和 45 周岁以上的人最好不要参加蹦极。同时，对心理素质差的，平时胆子就很小，甚至听到一些大的响动就会惊恐不安、神经衰弱的人，即便是体质不错，也劝阻这些人参加蹦极。

十渡蹦极是全国第一个蹦极，高低两座蹦极台跳板，长长地伸展伸到拒马河山谷悠然的空中，向世人展示着拒马河儿女勇于探索的追求风貌，更展示着拒马河儿女刚柔相济的人性品格，是十渡地区最具盛名的旅游项目。

第四编

地名故事

十渡称谓的变迁

十渡名称的缘由，有多重解释，但没有权威的历史记载。

《北京市房山区地名志》的记载，用的是“渡”，而且只有十渡、九渡、八渡、七渡、六渡，并没有一渡、二渡、三渡、四渡、五渡。其中的记载分别是：十渡，“因由张坊至此地要十次蹚水过拒马河，村因名十渡”；九渡，“因由张坊沿拒马河上行至此要九次渡河，故名九渡”；八渡，“因由张坊沿拒马河上行至此要八次渡河，故名八渡”；七渡，“因由张坊沿拒马河而上至此需七次渡河，故名七渡”；六渡，“因由张坊沿拒马河而上至此需六次渡河，故名六渡”。

民国十七年（1928 年）《房山县志》的记载，在记述河流和村落名称时用的是传统的名称，即光绪年号前的名称“度”，称为“十度里”，记述有十度、九度、八度、六度、四度，在当年的村落名称中，记述有十渡、九渡、八渡、六渡。这里分别用了“渡”和“度”，是因为在古汉语中“渡”和“度”既相区别也相通。“渡”，表示“渡过”“越过”“次”“回”，“度”表示“通过”“越过”“渡口”，所以在光绪年号前用“度”，光绪年号后用“渡”。

民国《房山县志》为什么没有一渡、二渡、三渡、五渡的记载，是由于抗日战争全面爆发前，房山县与涞水县以拒马河为界。拒马河右岸村庄为涞水县所属，拒马河左岸村庄为房山县所属。因为十渡、九渡、八渡、六渡为房山县所属，所以民国十七年的《房山县志》有记载，而一渡、二渡、三渡、四渡、五渡都没有记载。

乾隆年间的《涞水县志》与《房山县志》《北京市房山区地名志》记载差异更大。当时《涞水县志》山川总汇仅载有“八都”“十都”，既不是用的“渡”，也不是用的“度”，而是用的“都”。何以为“都”，不得而知。

随着十渡地区旅游事业的发展，对一渡、二渡、三渡、四渡、五渡、六渡、七渡、八渡、九渡、十渡名称的共识已经形成，即“由张坊至地要某次蹚水过拒马河”，便称为某渡。由于一些人对交通的变迁不了解，对于某渡的定位，不是很清楚。1958 年之前，要从张坊过河到十渡，走的路线是从张坊过河到龙安村，再到沈家安村，从沈家安村过河到千河口，从千河口过河到穆家口，从穆家口过河到四道岭，从四道岭过河到西关上，从西关上过河到六渡，从六渡过河到七渡，从七渡过河到八渡，从八渡过河到九渡，从九渡过河到十渡。1958 年修通张坊到十渡的公路后，可以从张坊直接到千河口，从千河口过河到穆家口，比 1958 年以前进十渡的道路减少了两次渡河。

所以，准确地讲，一渡是指张坊到龙安村的渡口，或者是从片上村到沈家庵的渡口，二渡是从沈家庵到千河口的渡口。

蒲洼、霞云岭名称的由来

要想了解蒲洼、霞云岭名称的由来，先要了解百花山、大房山、大游龙山的地理和气候变化。

百花山山脉呈北东—南西向，东起门头沟区永定河，西至涞水县，南起房山区长沟，北至门头沟区清水河，屹立在华北平原北部。百花山山脉绵亘起伏，山峰林立，白草畔海拔为 2161 米。受海拔高度、地形、坡向影响，这里的气候呈明显垂直地带性分布，春季、夏季、秋季，东南季风带来大量潮湿空气，其流动方向与山脉走向垂直，气流遇山脉阻挡，在迎风坡被迫抬升，境内西北部的高大山峰如天然屏障，造成空气中所含水汽冷却、凝结，具有降水的有利地形，导致潮湿空气受阻挡形成的暴雨、大雨落在迎风坡面；此外阻滞气流移动，延长降水时间，增加降水强度，使山区降水量高于平原。所以，历史上百花山地区降雨频繁，降雨量大，河套沟大石河源头和各个支流、河路沟拒马河的宝水河等各个支流，四季有水，水量充沛，大石河的船可以停靠磁家务，拒马河的船在 20 世纪 60 年代还能到十渡。

百花山独特的地理自然条件，形成了宝水河四季流淌的自然生态。宝水河流过蒲洼村，蒲洼村地势相对平缓，宝水河、富合沟的水汇集在蒲洼。所以，《北京市房山区地名志》载：“因位居山谷低洼处，马鞍沟上游两支流于此汇合，河沟中曾多蒲草，故名‘蒲洼’。”

大石河源出堂上村，沿途汇集各条山谷的流水，汇聚成高山峡谷河流，顺着山谷流淌。河水流淌中溢出的水蒸气，形成云雾在山谷飘荡。所以，《北京市房山区地名志》载："因其东西山峰高耸，云雾缭绕，晨光夕照，彩霞时现，故名，后演变为霞儿岭、霞云岭。"

西关上村的四个村名

西关上村是十渡镇村名最多的一个村庄，也是十渡地区历史故事最多的村庄。

第一个村名是西关上村，是新中国成立后的村名。《房山区志》载："西关上村，此处三面环山，南面筑有关墙。墙高 4 米，以卵石砌成，始于唐代。今存墙长 150 米，高 2 米，厚 3 米。山上建有炮台，与千河口互相呼应。"《北京市房山区地名志》载："因地处古道关口（村北尚有上关亭），与其东另一古道关口（即张坊乡东关上）相对而称，故名。"所以，新中国成立后，该村的行政村村名一直沿用"西关上村"。

第二个村名是五渡。铁路修通后的十渡，成了北京郊区的旅游胜地，越来越多的游客进入了深度地区。人们在介绍拒马河风景时，都会说："从张坊到十渡，要过十次拒马河，每过一个地方，就是一个渡。到这个村，要过五次拒马河，所以就叫五渡。"虽然地图上、公交汽车站的车站牌子上都是写的"西关上"，但人们都知道，这里就是拒马河的五渡村。

第三个村名是关上。从明朝、清朝一直到抗日战争全面爆发前，房山县与涞水县以拒马河为界，拒马河右岸属于涞水县，也有例外，西河、九渡、沈家庵属于房山县，拒马河左岸属于房山县。乾隆版《涞水县志》将新中国的西关上村标注为"关上"，并没有加上方位词"西"。所以，新中国成立后，西关上村的人介绍自己的村子时，一般都说："我是关上的。"

第四个村名是千河口隘口。2022 年，十渡镇党委书记梁义国及十渡成教学校邀请刘文江对十渡地区历史文化、红色文化进行系统考察整理。2022 年 10 月 26 日，刘文江邀请区文保所郭凯、靳辉两位老师，十渡教委刘文云、郑任卓与西关上村文物协理蔡丰怀对十渡镇西关上村、石门村、马安村城墙的文物遗址遗迹进行考察。

西关上村有一明代石碑名为"真武庙碑"，碑身高 1.19 米，宽 0.55 米，厚 0.16 米，碑阳、碑阴均刻有文字。由于年久风化，大多数字迹已经难以辨认。碑阳的一行文字引起考察者高度重视：“紫荆关之东属口曰乾河口是此。”碑阳是明长城“内三关”紫荆关属乾河口隘口真武庙的修建过程、庙内规制，碑阴是从明长城“内三关”紫荆关都指挥左方到乾河口隘口的建制及设施。这是记录明长城“内三关”隘口的碑刻，北京市仅发现几通，房山是首次发现。

“真武庙碑”价值重大，一是填补了房山明长城文化的物证空白，二是填补了房山明长城隘口的建制、设施空白，不但使明《四镇三关志校注》《西关志》关于房山“内三关”长城隘口得到了物证，也通过明《四镇三关志校注》《西关志》与“真武庙碑”的相互印证，确立了房山明长城文化的历史价值。

“紫荆关之东属口曰乾河口是此”，也使西关上又多了一个名字：千河口隘口。

蛇盘坨的传说

十渡镇九渡村的万景仙沟，老百姓叫九渡堪南沟，是一条有着历史故事的山沟。蛇盘坨是万景仙沟的一座小山。

拒马河把平原和山区分割成两个世界。在兵荒马乱的朝代，房涞涿平原战事不断。古语说：“穷奔山富奔川，战祸藏深山。”为了躲避战祸，有几户人家来到九渡堪南沟的山上，开荒种地，采药狩猎。九渡堪南沟的山上没有四季不断的泉水，只有一座山下有一个泉水坑。大旱之年，山上的人家需要往返几里从山下的泉水坑里挑水。

话说有一年，又是百年不遇的旱灾，山上山下干得冒烟，山沟里仅存的一个泉眼也快干涸了，人们被迫四散逃难，寻求生路，最后只剩老李家和老王家。

一天，李家的小姑娘去背水，但等了一天，一桶水也没灌满。她背起半桶水刚要走时，发现水坑附近有一条小白蛇，渴得已爬不动了。小姑娘非常可怜它，就把它放在水桶中背回了家中，放在水缸里。山下水坑中的水越来越少，最后，一天接的水都不够一家人饮用。在这生死攸关的时刻，山上的王家为了保住自己一家的性命，仗着自己有两个有力气的儿子，把水坑中仅有的一点水占为己有，不再让李家用水。

李家只有老俩和一个女孩子，斗不过老王家，感到很气愤，也很绝望。一家三口人愁眉苦脸，想来想去，决定离开九渡堵南沟，到其他村子去讨饭生存。

十渡地区有一句农谚："早看东南，晚看西北。"

这天晚上，西北边天上乌云密布，黑压压向九渡堵南沟压过来。霎时，九渡堵南沟裹在乌云里，电闪雷鸣，狂风大作，下起了瓢泼大雨，老李家赶紧接足了雨水。

大雨一直下了一天一夜，九渡堵南沟山洪暴发。洪水越来越猛，眼看就要把李家淹没了。这时只见一道白光闪过，小姑娘放在缸中的那条小蛇，瞬间变成了一条巨蟒把李家的房子围了起来。水越涨越高，不一会儿就没了山顶，把王家淹没了，一家人都被水冲走了，而李家却安然无恙。

第二天，天晴了，原来的山梁变成了一座小山丘。李家的院子外，有了一眼甘甜的山泉。李家老人过世，姑娘出嫁，山泉也断流了。

孤山寨的传说

拒马河山清水秀，孤山寨泉水叮咚，风景如画。

有个太监为取悦主子，请来几个道士，说要在孤山寨炼制仙丹。

以炼丹为由，太监、道士强迫附近每个村子的村民纳贡，强迫老百姓挖矿、造炉、砍伐树木，附近孤山寨里乌烟瘴气，乱七八糟。

有一对年轻的夫妻，男的是一位小锡匠，家里几代人都是十渡地区的锡匠，因此他家里懂得挖矿、炼铜、炼锡，同样也知晓炼丹。其实，太监找的几位道士根本不会炼丹。几位道士便闯入锡匠家，强迫老锡匠到孤山寨挖矿炼丹。老锡匠病重，道士便抓走了老锡匠的儿子和儿媳。小锡匠两口刚刚结婚一年，便被抓来炼丹。小两口懂得炼丹技术，太监、道士不敢怠慢小两口。但小锡匠夫妻看着太监、道士胡作非为，山林被毁，孤山寨乡亲被赶出家门，被抓来的乡亲受尽欺负，义愤填膺，决定阻止太监、道士的炼丹活动。

小锡匠两口假装服从太监、道士的指令，取得他们的信任。因为太监、道士拿着皇帝的口谕恐吓百姓，百姓敢怒不敢言，他们便在劳工中制造舆论，策划采矿劳工逃走回家。同时，他们准备在配料时寻机加大硫黄硝石的比例，再用山中特有的黄栌提高炉温，让丹炉爆炸，摧毁炼丹场。

不幸的是，小锡匠夫妻的动机被太监、道士识破。太监勃然大怒，命令道士们把二人捆起来，吊在树上毒打，直打得遍体鳞伤，死去活来。道士们打累了，便把二人绑在炼丹炉旁，回工房饮酒作乐去了。

一位好心的乡亲偷偷进来，解开了二人的绳索，让他们快快逃走。小锡匠夫妻非常感谢这位老乡。

小锡匠告诉这位老乡："你快去组织老乡，听到炼丹炉爆炸声，就赶紧逃走，逃得越远越好。"

老乡不知所以，疑惑地望着小锡匠，小锡匠催促老乡快去。老乡便赶紧去告知乡亲们了。

小锡匠夫妇俩，找到了工房里的硫磺、芒硝。一人抱着硫横，一人抱着芒硝，纵身跳进了炼丹炉。一阵爆炸声，炼丹炉飞上了天，太监、道士的工房也变成了一片火海。

小锡匠夫妻一个化作孤山寨门口右侧独立的山石，一个化作山寨的左侧山梁上的小孤山，永远守护着孤山寨。

前石门的传说

历史上，拒马河水出平峪村，便到了两座山崖之间，只有十几米宽。成为百里拒马河最险的一道龙门，被称为石门。每逢雨季，拒马河水暴涨，奔腾的拒马河水在两座悬崖之间的石门咆哮而过，整个山谷轰鸣作响。

石门里面的村庄，叫后石门，石门外面的村庄叫前石门。

前石门，也叫钱石门，是块风水宝地。传说，过去有几十户人家居住在山下，经营着数十棵果树和几十亩沙滩地，过着食不果腹、衣不遮体的生活。而大片的果树和数百亩良田都被山上的僧人圈起来了。每逢旱涝灾害，穷人们混不下去了，便求庙门救济。寺院的住持常常把他们轰走。穷人们只得离乡背井，四处去讨饭吃。

有一年，拒马河水猛涨，八里塘的洪水把村里的庄稼全都淹没了。老百姓颗粒无收，正要出去逃荒要饭。忽然有一天夜里天提前亮了，黑洞洞的村寨一下亮堂起来，特别是永不见日头的南山沟一块石壁也突然闪闪发光。开始待在家里的人还以为是错觉，等天一亮凑到街头纷纷议论才知道：午夜，从天上飞下一只金凤凰，落在北山头上，头朝南尾向北，两只探照灯似的眼睛注视着全村，又盯在南沟那面石壁上。

天真的大亮了，那只金凤凰不知去向，然而却给村人带来富裕和幸福。大南沟的石壁上裂开一道石门，从石门里哗哗地往外流银钱。村内的穷人们一传俩、俩传仨地都去拣银钱。等穷人们都拣够了，庙里的僧人才知道。等他们匆匆忙忙地赶到那石门前拣钱时，银钱不流了。他们一连等了几天几夜，也没流出一个银钱来。他们发财心切，便把石壁给劈开了，结果还是一无所获。

从此，钱石门没有了，只剩下前石门。

塔山仙池的故事

塔山，民间称塌了山，为了发展旅游业，改称塔山。

称塔山也有道理，这里原来有一座陡峭的柱状高岩。岩下是很深的洞穴，隐藏在拒马河水中，深不见底。传说，这是拒马河的龙宫，拒马河的诸多河神都住在岩下的龙宫中。塔山就是龙宫的标识。

塔山后面住着几户人家，其中李家的李嫂特别仁慈。一天，她去地里干活，看见两只野狗正在攻击一条白蛇。她不由分说，捡起一根木棒就去轰那两只野狗。没想到，野狗不怕人，还冲着她乱叫。李嫂一点也不畏惧，挥舞木棒驱赶，两只野狗落荒而逃。

白蛇得救了，它不但没有逃走，还向李嫂点头鞠躬。

李嫂很是诧异，她忽然想，这条蛇一定是成神了。

李嫂对白蛇说道：“你要去哪里？我送你去。”

白蛇顺着山路，一直爬到塔山下的拒马河边。白蛇停住，回头向李嫂鞠躬，然后游进了水里。

从此以后，奇怪的事情发生了。原来塔山下靠近水面的是断崖，洗衣服很危险。李嫂贤惠勤快，家里的衣服都是她到河边洗。当她再来洗衣服时，断崖下多出了一块圆石头。李嫂感到很奇怪："在那上面洗衣服多爽快。"说着，就跳到了圆石头上，用脚跺了几下，稳稳当当，便坐在圆石头上洗衣服。更为奇怪的是，以前洗衣服，投四五水都不干净的衣服，现在投两水就干干净净了。一连多次，都是这样。

拒马河谷是一片山清水秀之地，南方蛮龙早就想占领拒马河谷。拒马河龙王与南方蛮龙即将展开一场大战。

正在这时，李嫂又来洗衣服了。她刚坐在那块圆石头上，圆石头忽然动了起来，伸出了头，对李嫂说："你不要害怕，我是小白龙公子的仆人，以前，都是小白龙公子让我来帮助你洗衣服。今天，是小白龙公子让我来救你。"

圆石头驮着李嫂迅速向上游的沟口游去。

到了可以上岸的地方，圆石头对李嫂说："你快快回家，一会儿打雷下雨不要出屋门。"

李嫂刚刚回到家中，就见塔山一带乌云翻滚，电闪雷鸣。

激战了几个时辰，南方的蛮龙打不过拒马河龙王。气急败坏之下一扬尾巴，击倒了塔山。趁着塔山轰隆隆的倒塌声，蛮龙顺着拒马河谷逃走了。

从此，塔山成了塌山。

为了发展旅游，人们给塔山加上了仙池二字，就成了今天的塔山仙池。

四马台的故事

很久以前，霞云岭乡四马台村发生了一件奇事：在一个风雨交加的夜晚，震耳欲聋的雷声伴随着耀眼夺目的闪电，轰隆隆地响个不停，那情景真使人心惊胆战。忽然间，村头的山坡旁传来了一阵喊杀声，还夹杂着兵刃的打击声，战马的嘶鸣声。村民们以为土匪来抢劫了，怕得要命，可在这漆黑的风雨之夜，又怎么逃跑呢？

过了大约有一个时辰，喊杀声渐渐消失了。战马的嘶鸣声和威武的铃声却清晰地显露出来。刚松了一口气的人们神情又紧张起来，但他们抱定了听天由命的打算，反而不像刚才那样害怕了，只是竖起耳朵静静地听着。

突然一声大喝传来："哪里逃，看刀!"其声音之大，犹如半空中起了个霹雳，接着就是一阵急剧的金属撞击声，不久传来了"啊"的一声惨叫……

看来不是土匪抢劫，而是两股武装势力为了争夺地盘在厮杀。村民们稍稍松了一口气。但结局如何呢？败者杀人抢东西，胜者骑在人民头上称王称霸。百姓还有什么活路可走呢？他们不禁为今后的命运担起心来。光担心有什么用，车到山前必有路，大不了一死了之嘛!

村子里的人都没有睡着，各自想着自己今后的命运。有些胆大的人怀着好奇心，舔破窗户纸，想看看究竟是怎么一回事。

这时天空中又起了一个霹雳，那闪电把整个大地照得如同白昼。在光亮中，只见有四匹骏马，两白两黑，上面骑着四位勇士，正打得难解难分。地上躺满了横七竖八的尸体和受伤的战马，那情景真是悲惨极了。

忽然，两匹黑马腾空而起，把两位勇士带向高空，那两匹白马紧接着也飞了起来。四匹马在村中的平台上盘旋而上，忽而就不见了。

风停了，雨住了，四周死一般的宁静。

这一夜，人们眼巴巴地熬到天明，等赶到夜里的激战地点一看，竟什么也没有。人们连说"怪事"，个个惊诧不已。

有人说是天兵天将在操练，也有人说是阎王派阴兵在捉人犯。众说不一，都说见鬼了。但不管怎样，四匹马在村中盘旋而飞大多数人都看见了。因为这个缘故，这个不知名的小村就冠之以"四马台"的大名。

后来有人说，这是海市蜃楼，但这里不是沙漠或海洋，怎么会发生如此奇景呢？唯一可以解释的，是当年刘武周在这里作战时，被雷雨天气记录下来了。遇到与那次雷雨天气环境相同，就再现出来了。这种现象，在科学著作中可以找到许多先例。

但也许不是刘武周，而是远古时代的一场战争。不管怎么样解释，答案都不能让人完全信服。唯有四马台村，却实实在在地存在着。

龙门台的故事

很久以前，距霞云岭五十余里的一个小山村里突然流传开来这样一首童谣：

龙门开，龙门开，
龙王要从东方来。
行善人家福禄到，
作恶之人遭祸灾。

这首童谣的传播者竟是四个五六岁的小孩。据他们讲，有一天，他们正在龙潭边上玩耍，一个魁梧的黑大汉朝他们走来。

他们起初很害怕，转身就跑，跑了几步以后，回头看看，见黑大汉满脸是笑，并无恶意，就停住脚步好奇地看着他。很快他们就熟识了，黑大汉还拿出一种不知名的点心让他们吃。这种点心散发着一种诱人的香味，好吃极了。他们边吃边谈，黑大汉把上述歌谣教给了他们，然后说了声："小朋友，再见!"眨眼间就不见了。

村子里的人听了这番话，都将信将疑。他们不约而同地来到村边，只见往日平静的水潭里，竟凭空卷起了滔天大浪，一条似龙非龙的怪物正在水中惊慌地翻上倒下。

村里人见状，个个吓得魂不附体。就是这个怪物，残害了多少生灵，糟蹋了多少果木庄稼呀！可是当时的人们，除了祷告和向这个怪物送大量的礼品外，又有什么办法呢?

正当村里人惊恐万状、纷纷跪倒的时候，就见东方水面上光亮一片，随即飘起了朵朵彩云，云朵里隐约可见一条巨龙在飞腾跳跃，急促地飞来。

紧接着，就听到一声惊天动地的巨响，浪花飞溅，弥漫了半个天空。待人们睁开眼时，就见水潭东南面的山岩上开了一条大口子，高两丈，宽一丈有余，活像一座大门，清水顺着这座大门飞泻而下，响声震耳欲聋。那条巨龙趁势而入，与那怪物展开了一场激烈的搏斗。眼前的一切使村子里的人都看呆了，个个茫然不知所措。只是伴随着龙与怪物的撕打场面机械地移动着脚步。

这场拼杀一直持续了两个时辰，天交正午时，怪物庞大的身躯才浮出了水面，原来是一条大鱼精。村子里的人甭提有多高兴了，一齐动手把它拖到了岸边。

这消息不到半天就传开了，方圆数十里的人都赶来观看。整个潭边人山人海，欢声笑语响彻四方，比当地最大的庙会还热闹。而后，人们就把这条鱼精的肉分吃了，大家吃得这个香啊！

大家饱餐一顿，齐聚龙潭开口处，一看更是惊奇不已，这条崩开的口子凭空又长上了一条横梁！横梁是那条巨龙的身子，龙头望着潭中，整个形状栩栩如生，与人们所见的巨龙毫无两样。人们对此惊叹不已，止不住又一次朝天礼拜。而后，人们在这附近修了一座龙王庙，并根据童谣把此开口叫作“龙门”。村民们在“龙王庙”旁植松种柏，每年二月初二来这里进香的人络绎不绝。这个不知名的小村，从此以“龙门台”而闻名四方。

十八台的传说

大石河从堂上村（大西沟）发源，顺山势直流而下，沿河排列着十八台。十八台有海子台、四马台、钓鱼台、龙门台、何家台、庄户台、次儿台、任家台、王家台、石板台、大台、郑家台、色子台、麻台、南台、鸽子台、凹锅台、孟家台。

十八台中有七个台是新中国成立后行政村的驻地。

十八台历史悠久，是大房山古道必经之路，自古以来民风彪悍，盛名远扬。房山地区都传说：“河套沟十八台，台台有妖怪。有胆吓出尿，没胆莫进来。”

十八台中有的台名是根据传说而来：

庄户台，原名叫装货台，其右侧是一条长五公里的山沟。相传古代这里连着一片海洋，大石河河水丰富而水流湍急。河旁商贩聚集，舟车丛杂，庄户台是个水陆交汇的货栈，至今还残留着拴船铁桩。

色子台，原叫晒尸台。相传隋唐时，刘武周被其部下所杀后，其尸体曾在此台上暴晒数日，故称晒尸台。又一说，在五代藩镇混战时，刘仁恭在此台存放战死将士的尸体，故得名。

鸽子台，此地常有成群的山鸽子在崖壁缝隙中繁衍生息，其中还有一对金鸽子住在这里，后被一南方人发现，把金鸽子盗走，留下鸽子台的名称沿用至今。

凹锅台，原称约货台，地势南高北低，面积近百亩，地表平坦。相传古代货船在上游装货台（庄户台）装上货物，运到这个台上过称检斤，故此得名约货台，后演变为凹锅台。

第五编

自然生物故事

叠层石的历史

房山西部山区具有叠层石存在的沉积岩。

叠层石是远古时期藻类繁衍生息形成的生物遗迹岩石，是由藻类在生命活动过程中，将海水中的钙和镁的碳酸盐及其碎屑颗粒黏结、沉淀而形成的一种化石，形成叠层石的藻类植物被认为是地球能够进化出复杂生命的关键，是认知元古代地理环境的钥匙。

科学家在拒马河畔的西河峡谷中发现了叠层石。

走进西河南沟，不远处有一块巨大的岩石，直立在沟谷边缘，在老百姓眼里，就是山上塌落的一块巨石，岩石表面具有均匀的凹窝形态。走近仔细测量研究，这块巨石高 7 米，宽 6 米，厚约 2 米。测量其每个凹窝，上下宽多为 45—50 厘米，左右长度多为 0.8—1.5 厘米，凹窝具有生物结构纹理。这是典型的叠层石层面结构。巨石是从附近山坡上蹦落下来直立在沟谷，劈裂的另一面是凹面构造，已裂为两块平卧在一侧地上。叠层石的岩石为燧石条带白云岩，其时代为中原古代蓟县系（大约距今 14 亿至 10 亿年以前），这一时代的古海洋中藻类繁生，在碳酸盐沉积过程中往往形成化石，统称叠层石，现在国际上统称为微生物岩。这种叠层石因藻类种属繁多，形成的化石形态不同。常见的平面形态常具同心圆状构造，垂直剖面常呈杯状，故也常叫同圆藻化石，其实不一定都是同圆藻，专业研究可分出许多种属，统称为微生物岩。这种化石在蓟县系雾迷山组燧石条带白云岩中比较常见，本区域的仙峰谷、孤山寨、万景仙沟、莲缘峡谷中都有较多分布，其中最为典型的要属莲缘峡谷中的那块巨石，形态完整，化石连片，结构清楚，个体巨大，层面构造典型，是罕见的地质奇观，对研究元古界微生物岩和古海洋环境具有重要的价值。

奇特的石中石

地球是有年龄的。人们可以透过岩层构造和岩石构造，认知地球在不同年龄段的不同状况。岩石是地球运动的作品，也是地球地质变化的记录者。拒马河畔，留下了众多地质变迁遗迹。

走进十渡镇的孤山寨，峡谷中有很长一段岩石河床。峡谷河床中，有一片河床很奇特，在常见的石灰岩河床中，暴露出大小不同的圆形硅酸盐岩石，也叫燧石，让人特别惊讶好奇。这种一大片一大片的石灰岩（或白云岩）中包裹的无规则排列的硅酸盐石，老百姓俗称“石中石”。用石块敲击几下发现，那些形如南瓜的石中石，比包围它的基岩硬度大，但色泽略暗些。这些石中石是如何形成的?

这里15亿年前是一片汪洋大海，经过亿万年时间的慢慢沉积，形成了非常厚的水成岩。在岩石形成过程中，大量碳酸镁和碳酸钙形成石灰岩或白云岩熔岩，同时一些硅酸盐以胶体的形式存在于熔岩中，由于二者的物理化学性质区别，硅酸盐以更紧密的球体存在于熔岩中，共同沉积成岩层。石中石是海洋两种不同质的岩同时沉积形成的一种岩石，形成了石中石的地质景观，这既具有观赏价值，又具有一定的科研价值。

仙峰谷飞来石

在拒马河南岸，四渡到五渡之间有一条狭长的山谷，称为仙峰谷（又名清江港)。峡谷蜿蜒十数里，谷内溪流潺潺，潭清谷幽、怪石峥嵘，其中一块巨石独立于河床之上，最引人注目，被称为飞来石。巨石长5米，高3米，宽3米，按地壳岩石的平均比重算该巨石可达120吨重。巨石所在的河床和两侧山坡、山峰的出露基岩皆为中元古界蓟县系雾迷山组燧石条带白云岩或石灰岩。而飞来石则与之不同，它是属于角砾岩，仔细观察它是由很多棱角状石块胶结而成，而那些石块棱角毫无规则地胶结在一起，砾石的成分也是燧石条带白云岩，且燧石成分含量较高，这种由同种砾石成分组成的砾岩，若与断层两侧的基岩成分一致的话，则可称为同生角砾岩。所以这块巨石的岩石名称应叫同生角砾岩。在地质上把远地而来与所在地基岩性质不同的岩石称为飞来石。这块巨石从结构上它是角砾岩，与所在地基岩（白云岩）性质不同，所以称它为“飞来石”是符合定义条件的。这块飞来石的形成可能在中生代以前，即距今 8.5 亿至 5.7 亿年前，它到此处安家落户至少也有 200 万年的历史了，所以它又是名副其实的“老寿星”。它的形成和历史是一部复杂的地质历史纪录，具有重要的科学意义，是开展科普教育的重要实物标本，它是一处地质奇观，具有旅游观赏价值。再加上它与“精卫填海”的神话传说有关，更增加了它的神奇性。

马勺菜的故事

马勺菜，学名马齿苋，是马安村非常普通的一种野菜，但确是马安人的救命菜。

马安村有一条小河，从村北流向村南。小河是全村的生命之基，生产生活都离不开河水，但有时也是全村的灾难之源。20 世纪 80 年代以前，村里没有水井，村民吃水都是到河里去挑河水，每有肠道传染病发生，就会殃及全村人。

1969 年，正是麦收季节。有的村里发生了痢疾。公社要求各大队加强预防工作。当时，治疗、预防痢疾的特效药就是黄连素。一方面大队刚刚建立合作医疗，需要花很多钱；另一方面，中央号召自力更生艰苦奋斗，勤俭节约。

面对疫情，8717 部队卫生队的王队长对大队干部说：“我给你们讲一个故事吧。新中国成立前，我们一个邻居买了一个童养媳，又苦又累，不幸得了痢疾。人是花钱买的，送回去钱白花了，去医院看病还得花钱。于是邻居就把她打发到了他们家的菜园里去看园子，还让她住在园子里。小姑子和她年龄相仿，她总是帮小姑子干活。小姑子心疼她，就给带了够两天熬粥用的棒子糁，送到园子里。

“童养媳知道，这是看自己的命啊。穷人的孩子，熟悉野菜。为了节省粮食，她便拔来一些马勺菜，煮马勺菜糁子粥。奇迹发生了，喝了两天马勺菜糁子粥，肚子明显好多了，又喝了两天，竟然全好了。

“小姑子好几天没见面，童养媳不放心，就回到了家里，到家一看，可了不得，全家都躺炕上了，小姑子病得最厉害。

“小姑子见到童养媳很惊讶：‘你没事了？’

“童养媳说：‘没事了。’

“‘那你吃什么药治好的肚子啊？’

“‘我没吃药，就是喝马勺菜糁子粥。’

“小姑子读过药书，眼前一亮：‘你赶紧去，拔一篮子马勺菜来。’

“一家子人都得救了。”

大队干部马上明白王队长的意思了，立刻大喇叭广播：“各生产队立即派人到地里拔马勺菜，熬马勺菜汤，送到地里，上工的社员，每人至少上午喝一碗，下午喝一碗，连续喝三天。”

这一年麦收，马安大队没有出现一例痢疾病人。

老人脸奇观

神奇的大自然，总喜欢把人们无限的想象力，固化在大自然的造化运动中。七渡村悬崖峭壁上的老人脸，就是大自然造化运动的杰作。

最开始对外传播老人脸的消息，是在七渡村下放劳动的干部。下放干部和社员一起劳动。令下放干部奇怪的是，生产队里的干部社员没有手表，却每到收工时，队长或组长都会对大伙儿说道：“十一点半了，该收工了。”下放干部很奇怪，村干部没有表，怎么说的时间和自己手表上的时间相差无几。

他不由得问队长：“你是根据什么来判断时间的？”

生产队长乐了：“我们的表是老天爷给的。”

然后用手一指山上的悬崖，对下放干部说：“你看，那就是我们的表。不同的点，太阳照的地方不一样。十一点半，一般就照在现在那个位置上，我们就知道该收工了。”

下放干部感到很神奇，这个故事也就传送开了。

按照队长指的位置，下放干部果然找到了他们说的老人脸。在拒马河北岸高高的崖壁上，满是高低错落的岩石，这些高低不平的岩石，勾画出一张刻满岁月沧桑的老人脸。老人脸面容消瘦，颧骨凸显，前额突起，一双深邃的眼睛，不知疲倦地审视着山村的春夏秋冬。不同的季节、不同的时辰，不同的视角，老人脸都有着神奇的变化。

老人脸，千百年来，就是七渡人民的一张生活时刻表，年年月月，提醒着人们的起居饮食和劳作。

太阳升景观

游览十渡，七渡东山的“太阳升”景观吸引着众多游客的目光。打造“太阳升”景观的大师，就是一亿年前的燕山造山运动。由于地壳局部受力、岩石急剧变形而大规模隆起，不但造就了燕山山脉，也造就了拒马河沿岸的地质奇观。

“太阳升”景观在七渡桥东河岸的峭壁上，远远望去，凸起的岩层呈半圆形隆起，一层一层的石灰岩层理，以同心圆状叠置起来，在垂直于圆的方向上有一系列裂隙，好像发自圆心的辐射线。整个岩层看上去好像刚刚从海平面升起的半个太阳，放射着光芒。十渡人称这一景观为“太阳升”。

“太阳升”是“文化大革命”中开始叫起来的。当时的很多宣传画都是火红的太阳从东方升起，万丈光芒，照耀大地。插队知青徐国华喜欢美术，他在写生中，发现了七渡东山的美术形象，对村里人讲：我们七渡村了不起，大自然造化出“太阳升”的图案。

拒马河畔的旅游发展起来以后，七渡村的“太阳升”自然景观，吸引了一批又一批游客，被越来越多的人所欣赏。

这个名字的确很形象，这一岩层褶曲现象，在地质学科上称为背斜构造，它是地壳上升隆起产生的地层褶曲，岩层向上凸起的部分形态称为背斜，向下凹曲的岩层形态被称为向斜。背斜、向斜构造在野外是常见的现象，但是像这样完整圆滑，又有如此形象的放射性裂隙的，实在是典型、罕见，堪称地质奇观。这对学地质专业的人来说是一个十分难得的典型的构造剖面，它对研究当地的地壳运动、地质力学具有重要意义。

孤山寨一线天

一线天，是全国各地常见的自然景观。孤山寨的一线天，隐蔽在悬崖峭壁后，深藏在沟壑的悬崖中。

孤山寨一线天，有别于各处的一线天，是一座狭长的裂隙岩洞，老百姓叫石缝岩洞。岩洞的里侧是主峰，外侧是一块巨大的岩壁石，犹如刀切的一片豆腐，靠在主峰的悬崖峭壁上，与主峰悬崖峭壁若即若离。两面山崖之间，形成一条狭长的石缝岩洞，人在洞底仰望高空，唯见一线光亮。裂隙长约65米，高40—50米，宽1—1.5米，最窄处仅有60厘米。站在洞中，两头都是一线光亮。风吹岩壁，传出千变万化的合奏声响。

穿越孤山寨一线天，要沿千古河床一侧，沿山路拾级而上，攀上两层台地，转过一条沟，走近一处悬崖峭壁，只见耸立的陡壁之中裂开一条巨缝，两壁岩石直立，如刀削斧砍。洞口的一棵古藤，顺着石缝遮盖着沟壑。攀上沟壑，方得进入一线天的裂隙中。

地质专家认为，孤山寨一线天实际上是一个断层裂隙。在地质上断层裂隙是常见的地质构造现象，但是像一线天这样如此之长、之窄、之高，并且是完整的连续裂隙，在华北地区实为罕见，因此将其列为十渡十二大奇观之一。

抗日战争时期，共产党八路军开辟了平西抗日根据地，房良联合县政府、房涞涿县政府先后战斗在十渡地区，孤山寨山谷是连接十渡与现在涞水县虎过庄地区的重要通道之一。平西、冀中八路军的伤病员曾多次隐藏在一线天。从敌占区越过日伪军封锁沟运到根据地的粮食等物资，也曾多次坚壁在这里。抗日根据地在这里秘密贮存的粮食，最多时有十多万斤。一线天为抗战胜利做出了卓越的历史贡献。

小麻籽的故事

很久以前，深山里住着一户农家，靠开垦荒山、种粮度日。老两口共有三个儿子，随着年龄增长，都娶了媳妇。三个儿子各自开荒种地，收获的东西集中在一起分配使用。后来，由于妯娌们之间不和，这个大家庭内部出现了矛盾。

这年大年三十晚上，老两口召集三个儿子，商量分家一事。过去，这样的事是不能让媳妇们参加的。老两口拿出两升小麻籽，让每个儿子各取半升，留下半升归老人所有。当时宣布，谁开垦的田地归谁种。三个儿子带着半升小麻籽回到各自家里。媳妇们听说分了家，都十分高兴，幻想着分家后过上好日子。

老大回家后，媳妇问他家是怎么分的，老大就把分到半升麻籽的事说了一遍。媳妇听后大怒，骂得丈夫只能在地下站着。因媳妇嗓子不好，骂到半夜声音就哑了，说："别站着了，把麻籽炒了，过年吧。"老大炒熟麻籽放在炕上，两口子吃着麻籽过了年。

老二回家后向媳妇说了分家的事，媳妇听了大叫大闹。由于嗓子好，一直骂到鸡叫三遍，然后说："不用站着了，去把麻籽给鸡鹅们吃，叫它们也过个年吧。"于是，老二把麻籽全都喂了鸡鹅。

老三回到家里，将分家情况一五一十地告诉媳妇。媳妇对分家虽不满意，但一想老人们能给我们种子就不错了。媳妇问地是怎么分的，老三回答谁的地还由谁种。媳妇说："把麻籽放好，等到开春再开点地，把麻籽种上。"来年春天，老三两口子不辞辛苦，开荒种地，把麻籽都种上了。

五年以后，老三家已是远近闻名的麻业大王。家里有雇工、管家，还有几个丫鬟伺候着，非常富有。老大媳妇去找老二媳妇，说："咱们一起去找老三家算账，问问老人们给了他们什么宝贝，让他们家这么富裕。"于是妯娌二人一同来到老三家里，准备兴师问罪。

没想到老三媳妇早有准备，面对二人的质问，老三媳妇不慌不忙地问："请问二位嫂嫂，老人家给的半升麻籽你们都干什么用了?"老大媳妇说："炒了吃了。"老二媳妇说："喂了鸡鹅了。"老三媳妇说："实不相瞒，我家就是靠那半升麻籽，收了种，种了收，几年间逐步积累后发家致富的。如果你们也想发家，可以先从我家拿上斗儿八升的回家去种，几年以后也一定能富裕起来。"

一番话，说得两个嫂嫂面红耳赤。于是两人从老三家各拿了一石麻籽，来年也种上了。几年以后，老大、老二也和老三家一样，成为当地麻业大户。

千古河床

每一条河流，都有自己的河床，而河床承载河流之前，都有其特定的地形，或是地质构造运动形成的山脉沟壑，或是岩浆喷发形成的山体沟壑。河流的形成，或是冰川融水，或是一汪泉水，或是足量的雨水，对河床产生下蚀作用、溯源侵蚀作用、侧蚀作用，使河床宽窄深浅各有不同，上游河床多是侵蚀冲刷而成，下游河床多是淤积而成。即使同一条河流，不同的河段河床的构造也各不相同。河床的底部构造，复杂多样，情景各异。

十渡的孤山寨、仙峰谷都有几百米的岩石河床，实为少见。

进孤山寨大门不远，便到了“千古河床”。河床呈白色，一直延伸到密林深处，与两岸浓密的绿荫形成鲜明的对照。河水随不同年份、不同季节而变化。春旱季节，只是小溪。雨水丰沛之年，雨季过后，清水急速流淌，水流激荡河床，山谷回响着河流奏鸣曲。蓝天白云，清山秀水，甚是怡情。

进仙峰谷沟口，首先看到的就是“千古河床”。狭窄的河床呈白色，溪水潺潺，一直延伸到山谷之中。溪水常年流淌，四季不竭，是拒马河畔极为少有的山涧溪流。溪水中鱼儿游动，山峰在水中倒影，飞来石屹立在溪水边。

孤山寨、仙峰谷岩石河床的形成，可上溯到十亿年前的造山运动。当海潮退尽地壳隆起，地表沉积层经历了无数次水与火的洗礼，在高温高压之下，不同性质的岩层，在亿万年沧桑巨变过程中，层理交错，形成了今天的河床景观，让人们在千古河床中感受大自然亿万年造化的进程。

大足鼠耳蝠

在中国传统文化中，蝙蝠带有福的谐音，因而代表着吉祥。但在大房山地区，不少老百姓认为蝙蝠是一种令人恐惧的动物。霞云岭乡的人都知道，四合村有一个蝙蝠洞，生活着数不清的蝙蝠，很少有人愿意走进蝙蝠洞。

房山区霞云岭乡四合村蝙蝠洞生活的蝙蝠不是一般的蝙蝠，是一种稀有的蝙蝠物种，叫大足鼠耳蝠，是中国特有的蝙蝠种类，是亚洲目前被证实唯一一种会捕鱼的蝙蝠。

1936年，在中国福州，哈佛大学博物馆馆长艾伦收到了一只十分特别的蝙蝠标本：这只小小的野兽，居然长着一双巨大的爪子，比其他蝙蝠足足大出了一倍，弯曲如钩、锋利无比。艾伦给这种蝙蝠取名“大足鼠耳蝠”，他大胆推测：这是一种罕见的会用双爪捕鱼的奇特蝙蝠。

2002年，中国科学院年轻的动物学博士马杰在北京房山区霞云岭乡展开考察研究。根据以往的科考资料，北京的周边地区至少生活着11种不同的蝙蝠，大足鼠耳蝠也是其中之一。在霞云岭乡的协助下，马杰来到蝙蝠洞，在洞中发现了长着像花瓣一样鼻子的“马铁菊头蝠”“白腹管鼻蝠”“中华鼠耳蝠”。在这里，马杰如愿以偿找到了成群的大足鼠耳蝠，足足3000只，它们正悬挂在山洞顶部。

和艾伦一样，马杰开始从蝙蝠粪便中寻找蝙蝠是不是吃鱼的踪迹。在实验室的显微镜下，马杰失望了，大足鼠耳蝠吃的是昆虫。

马杰不甘心，一个月后再次来到蝙蝠洞。马杰特意赶在蝙蝠外出觅食之后，在洞口架设了一张纤细的渔网，希望能捉到觅食归来的蝙蝠。凌晨四时，洞口悄无声息地出现了蝙蝠的身影，一只只长着利爪的大足鼠耳蝠撞到了网上。马杰迅速把捕到的蝙蝠放入事先准备好的柔软布袋。两小时之后，共捕捉了15只大足鼠耳蝠。第二天上午，他打开布袋，将布袋底层蝙蝠留下的排泄物，带回实验室，连夜进行样品分析。第二个样品在强烈的灯光下闪闪发光。既然人们一直在推测大足鼠耳蝠会吃鱼，那这些闪闪发光的薄片会不会就是尚未完全消化的鱼鳞呢？马杰专门请鱼类专家鉴定了一下，正是鱼鳞！通过鱼鳞的特征，把鱼的种类鉴定出来了。分析的结果表明：大足鼠耳蝠至少吃了三种鱼。

蝙蝠洞是在深山里，蝙蝠在哪里吃的鱼呢？

是不是在霞云岭水库啊。在霞云岭的山谷中，有一座小型水库。马杰相信，这个水库应该就是大足鼠耳蝠天然的狩猎场。

在当地村民帮助下，马杰通过在水库中布网发现，水库中生长着一种被称为宽鳍纳的小鱼，它们很容易受到惊吓，并不时蹦出水面。这种小鱼的体长刚好 5 厘米，如果大足鼠耳蝠尖利的爪子完全张开，正好可以抓住它们。

随后，他又设计了更直接的实验方案：在房间里垒砌水池，在水池中放入 5—10 厘米长的小鱼，在房间内放入大足鼠耳蝠。结果，他果真观察和拍摄到蝙蝠在水池上灵活自如的捕鱼行为。

鱼游动在水面产生的细小波纹或露出水面的背鳍，均可引起大足鼠耳蝠的超声波回声发生细微变化，大足鼠耳蝠能根据这些变化准确发现目标。大足鼠耳蝠抓捕猎物时，后足伸入水中可以划行一段距离。

有意思的是，蝙蝠食鱼是从鱼的头部开始的。

学者推测，大足鼠耳蝠是由经常在水面捕食昆虫的蝙蝠进化而来的。大足鼠耳蝠的祖先在水面追捕昆虫时，一般取食水面漂浮或浮游的昆虫，也偶尔捕获跳出水面或浮游的小鱼。由于小鱼较昆虫有更高的营养，因此它们逐渐倾向捕食小鱼的方向进化。

2004 年 11 月 7 日，中科院动物研究所与房山区政府联合在房山区霞云岭乡四合村建立蝙蝠研究与保护基地。这是亚洲地区首家蝙蝠研究保护基地，基地的落成将对我国深入蝙蝠研究，保护生态环境，具有重要的意义。

专家介绍，建立蝙蝠研究保护基地，对动物仿生学的研究也有重要意义。专家表示，在蝙蝠仿生学方面任何科研工作的进展，都可能对飞机的改型、飞机制造技术的革新起到至关重要的作用。

中国黑鹳之乡

黑鹳是世界濒危珍禽，是反映生态环境建设情况的重要物种之一，在北京市只有生态环境较好的山区会有分布，而且在不断减少。

拒马河是“中国黑鹳”最重要的落户之地，黑鹳曾经是拒马河千百年来的常客。拒马河畔的人们常把它称为“黑老鹳”。20 世纪五六十年代拒马河畔的黑鹳成群结队，但是到了 80 年代数量迅速减少。

2012 年，北京市对黑鹳进行统计调查，全市累计发现黑鹳近 400 只，仅在房山区就发现 300 余只，是全市最重要的黑鹳栖息地。发现地点主要在拒马河畔，其中最多一次观测到 22 只。

黑鹳是一种大型涉禽，一般在鱼虾丰富的浅滩处觅食；筑巢繁殖主要在悬崖峭壁上。十渡一带水质清澈，鱼虾丰富，峭壁林立，正是黑鹳的理想栖息地。由于栖息条件适宜，其种群数量在全国占据的比重较大。

2014 年，中国野生动物保护协会授予房山区十渡镇“中国黑鹳之乡”的称号。房山区政府十分重视黑鹳保护工作，以“中国黑鹳之乡”建设为契机，大力提升社会各界群众野生动物保护意识，宣传野生动物保护知识，营造人与野生动物和谐共存的生态文明社会。

黑鹳通常在山明水秀的地方栖息，而这类区域往往是旅游开发的热点地区。黑鹳天性胆小，房山区在拒马河流域修建了 23 处黑鹳保护小区，让黑鹳有自己的栖息水域，游客不能与黑鹳争水域。凡是划入保护小区范围的水域、浅滩全部实行封禁管理，不得有任何游览和商业、捕捞活动。

房山区在七渡、十七渡、大沙地、五指山等设立黑鹳保护小区标牌：如“拒马河黑鹳保护小区×××补食点”。标志牌醒目地矗立在河岸边，标牌上注明了保护小区的范围，注明了保护措施，包括禁止向这片水域排污、周围农田禁施化肥农药等。

黑鹳成为拒马河畔一道亮丽的风景线。

拒马河多鳞铲颌鱼

2011 年 04 月 22 日，《北京日报》载文《濒危鱼类“活化石”重现北京拒马河》。文章写道：“濒临灭绝的鱼类‘活化石’，曾与‘北京猿人’为伴的多鳞铲颌鱼，重现京西拒马河。”“多鳞铲颌鱼是北京地区鲤形目、鲤科、鲃亚科的唯一一种，因其独特的地理分布和对生态环境的适应性，被称为活化石。据《北京鱼类志》记载，这种鱼在北京仅产于拒马河，当地俗称‘鱼谷洞’。然而，比科学价值更广为人知的，是它肉质细嫩，味美不腥，与春江鲥鱼、青海裸鲤、大理裂腹鱼和异华鲮鱼并称为中国五大名鱼，而且还是治疗心脏病药物的主要成分。”

消息一出，引起了拒马河儿女的广泛关注。鱼古洞，是拒马河畔流传千年、家喻户晓的故事。野三坡的鱼古洞出鱼，西关上东岩下淹没于拒马河水中的岩窟窿出鱼。

据《房山区农业志》记载，多鳞铲颌鱼是鲤科、鲃亚科鱼类在北京分布的唯一种类，仅见于拒马河。生活在拒马河上游水流较平缓、多砾石、浅水的底层水域，以藻类为主要食物，也食底栖动物。每年 10 月下旬至 11 月上旬，当河水温度低于泉水水温时，进入河边泉穴越冬，越冬时停食。翌年 4 月中、下旬出泉穴，出泉时，集群分批而出，先大鱼后小鱼，以午夜后出鱼最多，出泉的鱼体长 15—20 厘米，小的 6—10 厘米，出泉时间可持续 8—10 天。出泉地点在十渡镇的五渡村至六渡村之间，位于拒马河北岸边悬崖峭壁下，称小鱼古洞，与拒马河相通。

多鳞铲颌鱼属拒马河珍稀鱼类，目前拒马河多鳞铲颌鱼种群资源面临枯竭。为尽快恢复该鱼的野生种群及水域生态环境，房山区农业局从山东省泰安市引进了多鳞铲颌鱼苗种，暂养在十渡镇五渡水科院鲟鱼繁育基地，待谷雨季节再适时进行增殖放流。

由于华北地区的地下水位下降，鱼古洞出鱼渐渐成为一种传说。2019 年 11 月 18 日，《地理·中国》专题报道《鱼谷泉为何只在谷雨节气喷鱼》，播出了科考队在野三坡鱼古洞地下水中发现多鳞铲颌鱼的报道，展示了鱼谷洞是一个五层结构支洞繁多的大型溶洞，暗河中生活着多鳞铲颌鱼。

随着华北地区地下水位的不断抬升，终有一天，鱼古洞出鱼的景观还会在拒马河出现。

谁揪走了散血丹的枝叶？

2017 年 6 月 9 日，最高气温 37℃，不宜爬山。但已经约好，不能更改。拒马河旅游文化行考察团刘文江陪同中科院植物所于顺利教授，清晨 5 点，从十渡山光旅行社驱车直奔马安西堪沟，开始霍家坨霸王树的考察旅程。

霸王树嫩芽，芽肉肥嫩，味道清香，山中美味，适宜炒食。霍家坨北嶂崖东面的沟壑中，曾经有成片霸王树。40 年前，刘文江常上霍家坨拾柴、砍椽、打霸王树芽等。从西堪沟底直到海拔 964.7 米的霍家坨山顶，原有山路可行，但经验主义害死人，如今的霍家坨东堪，早已没有了人行的山路，杂草、灌木横生，带刺的老虎獠子长满沟壑。他们每走一步，都要靠用拐杖左右掴打，打出缝隙，向上钻爬。

刘文江前面探路，于教授边走边探寻是否有植物新发现。

前行到窑台（旧时的烧炭窑，沟中原有两处炭窑窑址）下的沟槽中，于教授突然喊道："散血丹！多年来，始终没有在山上见过，今天见到了。"于教授兴奋地拍摄，继续在沟槽中向前钻行。刘文江兴奋了："快看，更大的一棵散血丹。"二人又是一阵拍照。房山地区的山上，始终未见到散血丹，能在霍家坨发现散血丹，实属意外。

二人继续向山上钻行。

霍家坨北嵲崖下有两条沟壑。向西是主沟，去西土湖。只见沟壑中间乱石跌宕，两边林木、灌木、杂草横生。向东是通向顶峰山坳的南沟槽。二人顺主沟向上攀爬约 300 米，钻进唯一一条横向南沟槽的羊肠小道，向上拐进南沟槽。沟槽中不但草木横生，而且全是近 80 度的碎石坡，稍不留意，就会滑下山壑。

二人步履蹒跚，手脚并用，气喘吁吁地向上攀登。

在接近山顶处，于教授终于拍摄到了霍家坨的霸王树。经鉴定，霸王树学名为中华槵。

上山已经四个多小时，空气中滚动着热浪，衣服像从水里捞出来的一样，双腿已经不知脚下深浅。二人决定返回山下。

顺着沟壑，返回到海拔 650 米左右的牛筋树下，准备稍作休息。突然，又是一棵散血丹，长在密林中。太好了！散血丹已经长出花蕾。但细一看，令人惊奇，散血丹没有了枝叶，枝叶不知被什么揪走。仔细看，断枝的茬口还很新，枝叶揪走顶多一两天。查找四周，没有任何人与动物行走足迹。

在这深山密林中，是谁揪走了散血丹的枝叶呢？疑团不由在心中而生，深山密林……内心不觉产生几丝恐惧，顿时，觉得有一双难以察觉的眼睛盯在人的后背。

二人不再停留，迅速向山下走。

来到山脚下的河沟中，又见到两棵益母草的枝叶被揪走。

散血丹，是活血化瘀、治疗鼻出血的良药。他们多方问询村民，最近有没有人上山采药，有没有人进山活动。答案都是否定的。

那到底是谁揪去了散血丹的枝叶呢？

石 板 屋

大房山地区盛产石板，多个村的山上有丰富的石板资源。一代代石板匠，在石板座子，用铁簪、铁冲子、铁坡子把石板岩一层层断开，一块块裁好，从石板座子把石板背到村中，卖到大房山地区的各个山村，盖起了一座座石板房。石板房也成为大房山地区一道独有的风景线。

石板取自石板岩。石板岩，学名板岩，是大房山重要的矿石原料，主要贮存在远古界长城系高于庄组、蓟县系洪水庄组、青白口系景儿峪组和中生界三叠系地层，主要分布于大房山北部乡镇。

板岩是由黏土岩、黏土质粉砂岩经轻微变质作用形成，具有平板状结构，沿其平行的平坦的裂面，破裂成厚度不同的薄片，村里人称为石板，是大房山石板屋的主要石材料。石板岩根据颜色和所含杂质，可分为炭质板岩、钙质板岩、砂质板岩等。颜色有褐红、白色、蓝色、棕黄、紫色、紫灰色。有的石板岩，具有斑点、条纹图案，十分美观。石板岩作为民宅的建筑材料开采利用历史悠久，到清代已大规模开采。工艺石板岩，青灰色，水平层理清晰，劈开性强，石质韧性强、柔软、光滑、色泽柔润，主要用来瓦房遮雨。

大房山地区的石板房，以三间为主，也有二间，少有五间，没有四间。“四梁八柱”，是石板房的主要建筑结构，四根梁（大房山地区叫“柁”）和八根柱子支撑的石板房建筑，冬暖夏凉，抗风、抗冻、抗冰雹。1976 年唐山大地震，大房山地区的石板房，丈二五的梁、八尺五的檩、八尺的柱子，最具抗震能力，而且即使房屋的墙壁倒塌时，是向外倒塌，屋内安全。所以，中国历史文化中常用“四梁八柱”比喻事物基本框架要科学合理。

石板房，虽然都讲究“四梁八柱”，但有钱人家和一般人家也有区别。一般人家是五檩结构，三间房用 15 根檩条。有钱人则是七檩结构，三间房 21 根檩条，甚至用双檩条，这样的房屋，结构更为坚固。五檩结构的房屋，只有大梁（大柁)、二梁，也称上梁、下梁，没有中梁。七檩结构的房屋，有大梁、上梁，还有中梁。用石板房的建筑比喻事物，也就有了上梁不正下梁歪，中梁不正倒下来。

石板不仅可以盖房，还可用来加工精品砚台。

20 世纪四五十年代，纸张缺乏，几个村庄把石板做成练习写字的小黑板，使用起来非常方便。当年，房山良乡地区大部分学校的学生都使用小黑板练习识字。

第六编

神话传说故事

张百缸的故事

传说在很久以前，村里有个大财主叫张百缸。为什么叫张百缸呢？因为他很能剥削穷人，并靠此发了大财，说他家的银子就有“百缸”，这人就把自己的名字改成了百缸。老百姓都非常痛恨这个人。

这一年是个大旱年，都快夏至了，还没有下过透雨，老百姓就凑钱到龙王庙烧上上等的柏木香，摆上好酒、好菜、好饭求龙王爷下雨。张百缸也来了，他的地也旱，因为他觉得自己有百缸银子，财大气粗，就把谁都不放在眼里。这时，他看大伙跪下磕头，他才不磕呢。只见他站在龙王像前，一手提着长袍，一手举起拐棍，嘴里说道：

天上有你老龙王，
地上有我张百缸。
我上前打你三拐杖，
你有三年不下雨，
我有五年的剩余粮。

这个张百缸本想吓住龙王爷，可龙王爷怎么会怕他？龙王爷很生气，后果很严重。只见张百缸说完这番话就浑身哆嗦，他的手下一看就知道不好，架着他没命地往家里跑。张百缸家就是个大庄户，一条河沟分两段，他占了一面坡。而百余家穷苦百姓只占了另一面坡。

狗腿子们架着张百缸往家里跑，只见张百缸的庄户上空云雾沉沉，看不见山也看不见房屋，突然雷鸣电闪，整块巨大的云团黑压压地就落在张百缸的这一面坡上。只有一锅烟的工夫，就见河里洪水泛滥，木头呀，房架呀，椽子呀，全顺着洪水漂下去了，那水大得可真吓人啊！

老百姓可奇怪了，穷百姓这一面坡还照着太阳呢！你说怪不怪吧。又过了一顿饭工夫，那乌云就成了淡淡的云雾，又变成了白云游走了。再看张百缸家，地面上连土都没有了，都成了刷得干干净净的石头碴。这一下百姓们可高兴了，大伙唱啊，跳啊，这山沟里可热闹极了。天晴了，大伙都顺着河沟往下追去，河沟的石滩上到处都是张百缸从百姓那里剥削去的好东西。

架架菜的故事

十渡村的西山叫龙山。十渡地区，有着很多龙山的传说故事。

传说，拒马河龙王很疼爱自己的小女儿。农历二月二这一天，龙宫二公子带着妹妹，变成小鱼在河里游玩，妹妹被卡在了捕鱼人下的渔网里。二公子使劲把妹妹从渔网里拽出，却不小心掉下了两叶鳞片。龙妹妹回到龙宫又哭又闹，龙王爷也很生气。

大公子旁边插话："对于这些刁民，必须严惩。"

龙王爷立刻下令："严惩拒马河畔的刁民，给我旱他九九八十一天。"

于是，拒马河畔天天风干日燥，寸草不生。

二公子懊悔不已，都是因为自己带着妹妹玩，才给老百姓带来灭顶灾难。怎么救助老百姓呢？下雨父亲会大怒，那怎么办呢？二公子眼睛一转，想出了注意。

拒马河畔的山脚坡边，埝根地界子，都有一种多年藤蔓植物，它的嫩尖长着长长的触须，老百姓常常采回家，做汤、做馅、做粥，很好吃也很有营养价值。因为采摘后需要放在架子上晾晒，所以老百姓都叫它"架架菜"。

二公子趁黑夜揪断一根龙须，在拒马河畔各处作法。第二天，拒马河畔的山脚坡边，埝根地界子，都是鲜嫩的架架菜。老百姓家家都去采架架菜。俗话说：糠菜半年粮。有野菜吃，起码饿不死人了。

龙王爷下了"旱九九八十一天"的令，已经过了四九三十六天了，他问龙宫值星官："拒马河畔的那些刁民认罪祈雨了吗？"

值星官皱了一下眉头："禀报龙王，有祈雨的，但不是很恳切。"

龙王爷命令值星官："速去查访为什么。"

过了两天，值星官禀报："禀报龙王，主要是村民百姓还有吃的。"

龙王爷问："吃什么？"

值星官："禀报龙王，村民百姓都在吃架架菜。"

“给我揪一把，我看一看。”

值星官赶紧到一道地埝边采了一点架架菜，呈给龙王爷。龙王爷拿过架架菜，看了看，闻了闻，立刻眉头紧皱。

他立刻传唤二公子。把架架菜扔给了二公子。

“说吧，这是怎么回事?”

二公子毫不隐瞒，对龙王王爷说道：“禀报父王，渔民伤及妹妹，固然不对，但不能殃及全体黎民百姓，所以我没有请示父王，偷偷施法，长出架架菜，救济众生。”

大公子不等龙王爷发话，便大声说道：“禀报父王，二弟口口声声黎民百姓，却不顾及妹妹的性命，更不顾及父王在拒马河地区的威望，实属罪不可赦。”

大公子早就担心二公子抢去太子之位，此刻急欲置二公子于死地。

龙王爷觉得大公子言之有理，便下令把二公子关押在青径山下，百年不得翻身。并责令大公子严加看管，不得有误。

从此，二公子被压在了青径山下。

妹妹也觉得二哥没错，但又不能驳父王的面子。于是，妹妹托梦给拒马河畔各村的长老：你们吃的架架菜是龙宫二公子的龙须。你们赶紧举行祈雨仪式，告知天宫，搭救二公子。

从此，拒马河畔的架架菜又有了一个新名称：龙须菜。

龙山的故事

拒马河畔祈雨的信息传到了玉皇大帝那里，玉皇大帝立即召雨神进殿，问拒马河畔频繁祈雨是何原因。

雨神回禀：“今年，旱不在拒马河畔，拒马河畔频繁祈雨，我们也正要前去探明究竟。”

玉皇大帝立即下令，速去拒马河畔探明究竟。

雨神速降拒马河畔，到龙宫查询。龙王爷如实禀报。

龙王爷身旁的大公子，见情况不妙，一转身回到本宫，布置击杀二公子的阴谋活动。

雨神立刻回到天宫，禀报玉皇大帝。玉皇大帝立即下诏，释放二公子，责令拒马河龙王悔过自新，管教大公子。

拒马河龙王立刻派手下释放了二公子。

被羁押青径山下的二公子早已经是疲惫不堪，他从山下缓缓爬出，身子刚到拒马河边，准备饮拒马河水，恢复疲惫不堪的体力。但二公子没想到，大公子早已雇了一个恶人，装扮成过路人，带着一根炉镩等候在老帽山下。当二公子的身子刚刚探出山的一半时，恶人一炉镩打在二公子身上，二公子当即断成两截。

恶人又把炉镩插到了二公子的下颚上，让二公子动弹不得，想把他困死在拒马河边。二公子当场昏死过去。恶人又顺手把一块刻有“佛”字的石头，挡在了二公子的眼睛上。

这一切，被天宫的监察官看到了，他立刻回到天宫，向玉皇大帝禀报了实情。玉皇大帝震怒，要斩杀拒马河龙王的大公子。

手心手背都是肉，拒马河龙王爷赶紧托东海龙王上天为大公子求情。玉皇大帝念拒马河龙王多年来守护拒马河地区风调雨顺，颇有政绩，便收回斩首拒马河大公子的成命。拒马河龙王收回大公子龙太子的封号，贬他为千年蟒蛇，去马安村给恒山老者做拐棍。

玉皇大帝命大游龙山与二公子龙山真身合为一体，拒马河龙王立二公子为龙太子，待拒马河龙王百年之后，二公子执掌拒马河龙宫。目前暂且让二公子休息，待大游龙山与龙山合为一体，炉镩锈蚀风化，那时二公子将掌管拒马河龙宫。

亲儿子后儿子的故事

张家有两个儿子。老大张宝，是前妻所生。张宝母亲病逝，父亲娶了后妈，叫桂花，就又生了张强。张父是手艺人，常年在外，家里就是桂花操持。张宝、张强只差三岁，但两人的生活一个天上、一个地下。家里什么活都是张宝干，张强啥事都不干，好吃的好穿的却都是张强的。

张家在王庄买了二亩地，种上了西瓜，在李庄买了二亩地，种上了大蒜。那年头做贼的多，得有人看着。雇人得花钱。桂花不懂得农活，心想“西瓜好吃，让亲儿子去看西瓜地；大蒜不能吃，让张宝去看大蒜地。”桂花说了：“你们去看护咱家的地，一个月带十斤棒子糁。不够吃自己想办法，地里长的，你们随便吃。”

于是，张强去了王庄看西瓜地，张宝去了李庄看大蒜地。

临走前，桂花反复教张强，怎么熬糁子粥。张强还真学会了，到了王庄，西瓜开始成熟了。桂花雇了把式，在王庄卖瓜，张强管收钱。

西瓜又甜又沙。张强本身就懒，哪里还想熬粥，只知道吃西瓜，上顿西瓜，下顿西瓜。

张宝到了李庄，浇水、锄草、耪地，大蒜长得绿油油。蒜薹长出来了，张宝怕棒子糁不够吃。顿顿熬蒜薹粥。蒜头能吃了，就熬大蒜粥，在火炭里烤大蒜吃。

张宝来的时候，骨瘦如柴，一个月下来了，变得红光满面。

张强来的时候，红光满面，一个月下来了，变得骨瘦如柴。

二人一前一后回到家里。可把桂花心疼死了。

第二年，桂花变了主意：让张宝去看着西瓜地，让张强去看着大蒜地。桂花心想：“这回，就把张宝这小兔崽子饿死。”她告诉两兄弟，她要出趟远门，得一个月后才能回来。

张宝很高兴，他可以自由自在地做饭吃了。西瓜熟了，他把熟透的西瓜，一切两瓣，放在锅里蒸，喝西瓜羹，连瓜皮一起吃。他还把瓜地里的马齿苋洗净切碎，熬马齿苋粥，顿顿吃得饱饱的。

张强还是一如既往，整天躺在铺子里睡懒觉。大蒜很辣，不好吃，蒜薹不能吃，只好顿顿熬粥喝。为了坚持到底，等妈妈回来，他每天都省着，顿顿连糁子粥也不能喝饱。

桂花回来了。张宝、张强也回到了家。一看到张宝、张强，桂花差点晕过去。

张宝去王庄一个月，又是红光满面。

张强去李庄一个月，又是骨瘦如柴。

南岩里有金豆子

一位心地善良的小伙子，给财主家当长工。一天，小伙子到山上砍柴。终于砍完了，他背着柴在一处歇息。他已经和东家讲好，今天把柴背回去，就回家照顾得病的老母亲。一阵风刮来，他哼着小时候母亲教他的歌谣，竟然睡着了。

山门开，山门开，
山门里面好气派。
黄金白银我不爱，
陪着老娘到头白。

待他眼睛睁开来，发现天已经黑了。他摸着黑往前走。走着走着，有一处灯亮。他走近一看，见有位妇人一个人在碾黄豆，显得很费力气。虽然小伙子一天没有吃饭了，又渴又饿，但一看妇人推碾子很吃力，二话没说，拿起碾棍就帮着妇人推起来。

小伙子帮着妇人推了一会儿，妇人对小伙子说："多亏了你帮忙。屋里有馒头，你吃饱了再走吧。"小伙子婉言谢绝。

妇人说："那我也不留你了，就把这半兜豆子送给你吧，回去孝敬老娘，记住，这事不要对任何人讲。"

小伙子想到家里老娘，就对妇人说："我代我老娘谢谢了。"

他拿起豆子，走出了小院。这时他只觉得脚下被绊了一下，立刻又是一阵眩晕，睁开眼一看，他还在歇息的地方，什么都没有了，只有柴背子还在。同时，身上多了一个布袋子，待他打开布口袋，发现里面是几大把黄豆。

小伙子把柴背到财主家就回家了。待他回到家里，对老娘说："娘，我给您带回了一些黄豆。"

等到他打开口袋，掏出一把黄豆时，他和老娘都愣住了：这哪里是黄豆，分明是金光闪闪的金豆子。

老母亲顿时把脸沉了下来，她以为儿子的金子一定没有好来头。她大喝一声：“你给我跪下，给我说清楚，这金豆子怎么来的。”

小伙子一再解释，这不是不义之财。但老娘就是不信，不依不饶，非得让小伙子说清楚。

小伙子没有忘记妇人的忠告，所以反反复复对老娘讲这不是不义之财。老母亲就是不信。

无可奈何，小伙子把经过原原本本告诉了老娘。老娘相信儿子没有说谎话，便拉着儿子跪地长拜。

有了金子，小伙子给老娘看病，还买了地，置了房，娶了媳妇。

小伙子家的变化，让财主家百思不得其解。

财主爷儿俩便起了歹心。他们借过节请小伙子到家里喝酒。小伙子不知有诈，更不知酒里下了药。财主爷儿俩一边敬酒，一边盘问，小伙子怎么发的财。

小伙子神志不清，不知怎么就把妇人给金豆子的事都说了出来。

第二天，财主爷儿俩就到了小伙子睡觉的地方。财主还特意在儿子的口袋里装上了一个大布袋子。让儿子也背着柴，到那里歇着念歌谣，他则到了山下等着。

财主在山下等啊等啊，盼着儿子能尽快回来；等啊等啊，天黑了，儿子没有回来；等啊等啊，等到第二天早晨，儿子还没有回来。

有人说，财主儿子贪得无厌，被金豆子压死了；有人说，财主儿子进院就抢着装金豆子，被妇人的家人打死了……

财主一连等了几天，不见儿子的身影。财主带着一帮打手，怒气冲冲地到了小伙子家，要给儿子报仇。他们到小伙子家一看傻眼了，小伙子家连个人影也没有了。

原来，小伙子回到家中酒醒以后，便有一位讨饭的妇人领着可怜兮兮的孩子来到他家，向他借钱。小伙子一看母子可怜的样子，便把花剩下的金子全部都给了母子俩。

妇人接过金子，对小伙子说：“此地不宜久留，现在就带着你的家人赶快离开这里吧。”

说完，母子俩都不见了。

小伙子一下子明白了，二话没说，领着全家人离开了家。

拒马河的传说

相传很久以前，在西南最高的山顶住着一户人家，只有婆媳二人，生活还好，就是吃水十分困难，要到十余里的山洼中挑水，羊肠小路，崎岖难行，挑回水需用大半天。

这家婆婆生性高傲自私，对儿媳小娥十分刻薄，要求她天天挑新水吃。小娥虽然相貌不扬，但心地善良，无论春夏秋冬，严寒酷暑或风霜雪雨，她都下山担水，每天累得腰酸腿疼。即便如此，婆婆还故意刁难她，每次担回来的水只留前面的一桶，把后面的一桶泼掉，水缸必须天天满着。活这么累还不给她吃饱饭。

一天，烈日炎炎，小娥挑着一担水爬上山崖，汗湿透了衣裳，她放下担子正擦汗，一个白胡子老头骑着一匹马突然出现在她的面前。老头和蔼地说："这位大姐能舍给我一桶水吗？我的马好几天都没喝上水了。"小娥打量了一下老头，慷慨地说："给您一桶。"白马将一桶水喝完，忽然连人带马都不见了。

第二天小娥担水回来，又在那里遇到那位老头，又要去一桶水饮马。第三天、第四天，直到第五天都是如此。第六天小娥担水回来，又路过那里，她决定不停歇，没想到老头已在这里等候她。老头慈祥地对小娥说："这位大姐实在太辛苦了，我的马白白喝了你五桶水，没别的可送，就给你这把马鞭子吧。"

小娥不要，老头告诉她："拿回这把鞭子，搭在缸沿上，每天清晨晃两下水缸就满了，从此就不必再受苦了。"

小娥半信半疑地接过鞭子，一眨眼老头和马又不见了。

第二天凌晨，小娥决定试试，她把缸沿的鞭子晃动两下，果然水缸就满了。过了两天，婆婆发现小娥不去挑水，便怒气冲冲地走进厨房，一看缸里满满的水，更奇怪的是缸上还搭着一把鞭子。婆婆高叫："这是什么玩意？"

说完往外一抽，“哗”的一声，水如柱地喷了出来，窜到屋顶，流出门外，婆婆见势不妙，拔腿就跑。可是水比她快，眼看婆婆要被水冲走了，小娥急中生智，掀起锅盖扣在缸上。从此，一股清泉源源不断地从这里流出，汇成一条大河，河水把大山冲出一条弯弯的河谷，小娥却化成了泉口上面的小山。

后人为了纪念小娥便在泉口上面的小山修了一座庙，庙前建了一座塔，这就是现在的广昌庙和庙前的古塔。千百年来，这个美丽的传说在拒马河沿岸人民口中流传着。

拒马河的形成，它来自于太行山深处，流经太行山，由于源头水量很小，稍大于小溪。但是，拒马河两岸沿途各处沟谷都有泉水流入拒马河，逐渐汇集而成一条大河。拒马河的源头在河北省涞源县境内，自上而下，顺势于太行山山脉大峡谷中，自西向东，流经十渡，从一渡流到华北平原，水量少时流入白洋淀，水量大时流入渤海。

金口玉言的故事

清朝以前，马安叫邙安。马安是一座美丽的山城，村中有一条小河，四季长流，村南一道城墙，村北一道城墙，防守严密。村中冬暖夏凉，舒适宜人。几代主子都住在马安。

蝈蝈是华北地区非常常见的昆虫，房山西南的铁蝈蝈更是蝈蝈中的佼佼者，每只价格已经达到几万、十几万。山清水秀的马安自然是蝈蝈的天堂，盛夏时光，满村是蝈蝈的吟唱。

马安的东台有一个官亭，上有三块石头，一块像印，一块像纸，一块像墨盒。一代又一代老人对儿孙们讲：每到盛夏，官亭上特别凉爽，主子经常在官亭上歇晌。满村蝈蝈叫个不停，主子很不高兴，说道：“去去去，都到城墙外面叫去。”主子金口玉言，从此马安村便没有了蝈蝈。

直到今天，马安村上水的卧龙村有蝈蝈，马安村下水的十渡村也有蝈蝈。就是马安村，全村近三十平方里，没有一只蝈蝈。20 世纪 60 年代，从北京城里来的孔祥麟老师，听说马安村养不活蝈蝈，他不相信也不服气。特意逮来一只蝈蝈，养在学校里，果真如此，没有几天，孔祥麟老师养的蝈蝈就死掉了。至今，各村都由蝈蝈吵叫，唯独马安村没有。

主子封了马安没蝈蝈，皇帝封了金门闸的蝈蝈不许叫。

金门闸是大清朝在永定河上修的一条重要河闸，那里也成为永定河畔的一处风景名胜。皇帝到金门闸游览，中午歇晌，蝈蝈吵得厉害。皇帝生气了：都不许叫了。

从此，金门闸地区的蝈蝈不再鸣叫。

主子、皇帝不但封了马安、金门闸的蝈蝈，主子还封了百花山娘娘庙的葛针不许长钩。

一年清明时节，主子带着娘娘到百花山娘娘庙上香，娘娘穿着袍子，不小心被路边的葛针刺挂住了袍子。娘娘很是生气。

主子为了哄娘娘开心，对着路边的葛针林说："你们真是无法无天，敢刮破娘娘的袍子，还不快快自己把身上的刺儿掰掉，给娘娘谢罪。"

就只听着葛针林里一阵噗噗瑟瑟的声响，所有的葛针的倒钩全掉在了地上。

方圆几十里、几百里，葛针都是长倒钩的，只有娘娘庙周边，一直到今天葛针也不长倒钩。

中石堡的故事

中石堡往西大约二十里的山上有一个天然洞穴，是远近闻名的银矿。甚至有一个矿工，一镐头下去挖出了一块重两斤八两的银块。村里人有钱了，但风气一天不如一天了。

有一年，天降大旱，河套一带随处可见逃难的人群，但这个村仍然衣食不愁。灾民们慕名赶来投奔，但很快都可怜兮兮地离开了。

有一天，村头又涌入一群难民队伍。其中有一个道士特别引人注目，只见他衣衫褴褛，几缕焦乎乎的头发参差不齐地披散在胸前、后颈、肩上，遮住了那张扭曲的、黑瘦黑瘦的脸。他瘸着一条腿，拄着一根七扭八弯的树枝，走起路来一蹦一跳，咧开的嘴里流着尺把长的哈喇子。他的身上还散发出一股说不出来的怪味儿，人们都躲着他走。街上虽不像好年景那么风光，可做买做卖、吆五喝六的倒也红火，其中还夹杂着呵斥乞丐的恶言秽语及难民们低声下气的哀求声。这些瘸道士都听到了，他一边嘟哝着，一边挨家挨户地乞求施舍。

他刚要进一家门乞讨时，一条恶狗从大门里跳出来扑向瘸道士，他躲闪不及，裤腿被撕下了一大片。他气急了，挥起拐棍向狗打去。狗吓跑了，他自然什么都没有讨要到。

到了第九家，他刚到门口，就听见一阵小孩的哭闹声，紧接着传出一个年轻女人的责骂声："小杂种，死了才好。"瘸道士只好退后一步，过了好一会儿才叫了一声："女施主，行行好吧！"

"好。该死的，给你！"随着声音，从屋里飞出一件东西来。

道士眼睛一亮，正惊诧何以这次会这么痛快，低头一看，原来是一张油汪汪的白面饼，还冒着热气。他心中一喜，连忙弯腰去捡，突然闻到一股臭味，仔细一看，没把他气死，原来饼上沾有人屎。他一下明白了，刚才小孩哭是要屙大便，这个妇女正在做饭，见我来了，她顺手抄起面饼夹裹便溺给我扔出来，让我吃"馅儿饼"。

多谢多谢，他压住怒火拔腿就走，嘴里还念叨不停，这个女人听得真真切切："人心不善，天降大难。"当即这女人回敬了一句："该死该死，与我无关。"道士只是对天长叹一声，蹒跚而去。

瘸腿道士很快串遍了全村，只发现村外有几户人家心地善良，把余粮给了灾民。但灾民太多，他们也无能为力，无奈只好拿出自己的口粮继续施舍……

道士走进这几家，并不求他们施舍，只是怪模怪样地看了一阵，临走用手在他们的房墙脚上抹了几下，就现出了黄色的印记。"啊！原来他画的是一条船。"人们看着他疯疯癫癫的奇怪举动，一个个莫名其妙，不明所以，目送着他蹦跳着离去。没走几步，瘸道士忽然不见了。正在他们左寻右找的时候，天空很快晴朗了，明晃晃的太阳正照在他们头顶。

就在这天夜里，忽然雷电交加，大雨如注，整整下了两个时辰。有几个胆大的等雨稍小后开门一瞧，都吓坏了：只见河的上游一片亮光，奔腾而下的洪水好像被什么东西抗住，齐刷刷地往上涨，还夹杂着各种令人毛骨悚然的声响。他们顾不上叫醒家里人，拔腿就跑。正在这时候，洪水突然铺天盖地地向村中压来……

一夜之间，整个村镇已荡然无存，仿佛根本就没存在过似的，只有墙脚上画有船的几户人家，房屋静静地浮在水面，里面的人也幸免于难。天一放亮，这几座房屋像船一样，载着它们的主人慢慢飘向了远方……

五合村的传说

在很久很久以前，五合村群峰环绕，巍峨峻美。春日，风抚杨柳，山花盛开；夏日，云雾萦绕，林荫草盛；秋日，红叶晚霞，果实累枝；冬日，雪压松枝，漫山洁白。一年四季，百兽嬉戏，百鸟争鸣，祥云溢彩，山杰地灵。村中一条小河，河水清澈，鱼翔浅底，青山倒映，鹤鸣清幽。走进五合村，到处都是人间仙境。

村北，是一处深不见底的青龙潭，冬季不结冰，夏季潭水滔滔，潭水不混，神秘莫测，人不可知。潭水下，据说是青龙的龙宫。青龙潭边，是一座观龙台，住着一对从天庭派来的夫妇。

夫妇俩不知何故被贬到人间，但夫妇俩乐以五合村为家，在青龙潭里养着一条青龙，一只巨龟，在山上养着一只巨虎。

每当风和日丽，青龙在水中跳跃、嬉戏，溅起巨大的水柱和浪花。水珠、青龙在阳光下，放出耀眼的光芒。巨龟在水面游来游去，不时爬上岸边。老虎不时到潭边饮水，到青龙潭中与青龙嬉戏。三只动物常常在一起玩耍。

夫妇俩常在岸边，看青龙、巨龟、老虎玩耍。他们有时坐在巨龟背上晒太阳，有时骑在青龙身上，在青龙潭中游动，有时让老虎驮着到山上散步。青龙、巨龟、老虎犹如夫妇俩的儿女，其乐融融。山村里，经常回荡着龙吟虎啸，回荡着夫妇俩的朗朗笑声。

过了很久很久，青龙长大了。它背着夫妇俩，偷偷地在青龙潭下的龙宫里开了一个西门。它还经常偷偷溜出青龙潭，到拒马河去玩耍嬉戏。它经常千方百计讨好拒马河龙女。拒马河龙女是天下第一美女，早已被东海龙太子选中，并已定下终身大事。青龙的鲁莽行为被东海龙太子知晓，便到天宫告青龙的状，告青龙要强占拒马河地盘，告青龙欺负拒马河龙女。

自古井水不犯河水。玉皇大帝大怒，派天兵天将降凡五合村，就地正法青龙。天兵天将奉旨来到人间，刚到十渡上空，正好青龙把身子探出青龙潭龙宫西门一半，要去约会拒马河龙女，却被天兵天将碰个正着。一天将一锏就把青龙拦腰打断了。

青龙神力不及，一阵痛苦挣扎，头伏在拒马河边，化作今天横亘十渡村的龙山山岭。青龙尾禁不住疼痛，止不住剧烈摔打，将青龙潭龙宫搅塌了。

天兵天将的雷鼓声，青龙的哀号声，惊动了夫妇俩，惊动了老虎，也惊动了巨龟，一起赶往山头观看。老虎首先看到了痛苦挣扎的青龙，多年的情感使它不忍正视青龙，痛苦地把头扭向了东方。夫妇俩跑向山头，看到被斩的青龙，立刻惊呆了。巨龟正在奋力爬向山头时，天兵天将赶到，宣布圣旨，夫妇俩永不得再回天庭。他们又布下法力，填平了青龙潭，封住了村中的小河。

从此，夫妇俩永远站在了五合村的山岭上，巨龟永远在奋力地往前爬去，老虎永远的把头转向了东方。

据说，当有人将天兵的法力解开时，五合村就会恢复那山清水秀的美丽容貌。

青　蛙　石

五渡仙峰谷景区内有个景观叫青蛙石，关于它还流传着这样一个传说。

相传在很久以前，十渡这边曾经闹过旱灾，一位老汉挑着水桶进山找水。仙峰谷口有一山泉被富户人家占有。老汉边走边唠叨，正犯愁之际，忽见河边趴着一只青蛙。他心想，有蛙的地方可能就有水。

老人四下观瞧，河是干的，树是蔫的，青蛙也快渴死了。他动了恻隐之心，把青蛙捡起来放进水桶里。万万没想到，老人刚把青蛙放进桶中，转眼之间，水桶里便填满了水。老汉高兴得不知如何是好，赶快挑水回家。把水桶里的水倒进水缸，缸里的水怎么吃，怎么用也是满满的。相亲们也到老汉家挑水，一传俩，俩传仨。

那富人得知此事后，来到老汉家，说老汉偷了他的守财青蛙，不还就动手抢回家。青蛙听到后，藏在水缸底下才没有被他抢去。

过了一段时间，那富户人家带了一条花蛇，放入老汉家中。因为青蛙怕蛇，它便逃了出来。为防止被蛇吃掉，青蛙长得很大很大，却不能动弹了。老汉追到青蛙后说："你别离开我们啊，山里十村八乡的人们都想念着你呢!"

"我不能回去了，但仙峰谷从此会清溪长流，绿树常在。"说完，暴雨倾盆，激流卷走了那户黑心的富人，洪水过后，山清水秀，花香鸟语，只是那只青蛙化作一块青蛙石，永留仙峰谷。

四合村的故事

霞云岭乡四合村曾经是一个富庶的小山村，但不知什么原因，村里夜间常遭到狼群袭击，圈里的羊只被狼叼走，牛圈里的牛都被狼吃掉，甚至村里的人也遭到狼群的袭击，有人被狼吃掉。人们恐惧万分，每天天一擦黑，就赶紧上门挡窗户，整天提心吊胆，有几户人家吓得搬走了。

面对突如其来的灾难，住在村东头的冀家决定为民除害。

冀家有四个儿子，分别叫大合、二合、三合、四合。哥儿四个身强力壮，一个比一个魁梧，一个比一个英俊。冀家家风好，哥几个善待邻里，乐于助人，经常为村里、为乡亲们做好事，不是给东家去打柴，就是帮西家去挑水，深受村里人喜爱。提起老冀家的四个儿子，村里的人没有不竖大拇指的。

哥儿四个看到村里这种惨景，就凑在一起商量对策，决定齐心合力，除掉这些恶狼。大合说："咱们必须把这些恶狼除掉，保护村里的乡亲们。"二合说："不消灭这些恶狼，咱们也不能在这里生存了。"三合说："咱们要豁出命来拯救村里的乡亲们。"四合说："咱们一定要赶跑这些恶狼，把逃难的乡亲们找回来，重建家园。"

哥儿几个你一言，我一语，经过协商决定打造刀枪，消灭恶狼。说干就干，他们在院子里支起了铁匠炉，叮叮当当，只用了三天的时间，就每人打出了一把锋利的钢刀。而且他们商量好，只要狼群来了，就把狼群拦在宽阔一点的地方。俩人背靠背，不给恶狼偷袭的机会。

狼群一般是从村南、村北两个方向袭击村里，而且都是晚上来袭。哥儿四个把村东、村西的路口挡死，分成村南、村北两拨，备好了点火用的柴草堆，分别把守在两个路口。

第一个晚上狼群没有出现，第二个晚上，狼群也没有出现。四合有些不耐烦了，对大哥说："是不是狼群走远了，不来了。"

大哥说："耐住性子，狼群肯定回来。"

第四天晚上午夜时分，只见一双双绿色的"灯笼"向村子蜂拥而来。狼群也很警觉，见到村口有人，便放慢了步子。四兄弟手里有钢刀，底气十足。但一看几十只狼，也难免头皮一紧。村两头的狼群，像有人指挥一样，同一时间步步逼向村里。待狼群走近，两个人一个盯着狼群，一个打着了裹着油棉的火镰，点燃了柴草堆。火焰升起，狼群不但没有跑，还向他们扑上来。

说时迟，那时快。村北头，大合手起刀落，一个狼头滚落在地。村南头，二合照样手起刀落，一个狼头也滚落在地。哥儿四个左砍右剁，同狼群展开了激烈的搏斗。几十只狼被他们砍倒在村子的四周。经过一夜的拼杀，所有的恶狼都被砍死了。

哥儿四个同野兽搏斗了一夜，劳累过度，又都身负重伤，纷纷倒在了恶狼堆里。

村里人听到了一夜的喊杀声和恶狼的嗥叫声，不知是怎么回事，都紧闭家门，谁也不敢出去看看。第二天一早，喊杀声和嗥叫声听不见了，人们才纷纷打开家门，聚集在村子的中央。他们看到村子成片的恶狼尸体，有的还在汩汩地淌着鲜血，染红了村子的街道。在野兽堆中，发现了大合，二合，三合、四合，他们个个怒目圆睁，手里紧握着钢刀。大家明白了是怎么回事，人人都含着眼泪，把他们抱在一起，呼唤着他们的名字，可他们什么也听不到了。

消灭了恶狼，村里又恢复了以往的平安和宁静。不久，外地逃荒的人也纷纷回来了。大家齐心协力，重建家园，又恢复了以往美满平安的生活。

为了纪念大合、二合、三合、四合拯救乡亲，同野兽勇猛搏斗的英雄事迹，村里人在村西头给他们修建了一座坟墓，取名为"四合墓"，这个村子就由此而得名为"四合村"。

仙 马 洞

相传很久以前，三流水村村民都以种田、采药、打猎为生。林海深处有一个老药农，三口之家，全家以采药、种田为生。老夫妇膝下只有一个女儿，父亲叫刘广明，女儿叫刘小娇。同村有一猎户，也是三口人，老夫妇养了个儿子，全家靠打猎过日子，老头子姓杨名庆山，儿子叫杨天勇。刘杨两家虽然同是一村人，但一家在山上，一家在村里，从不相识。

两家老人经常带着自己的孩子上山采药、打猎，一年四季，除了下雨下雪，总是日出上山，日落而归。他们各带干粮，饿了就吃上几口，渴了就喝上几口甜甜的山泉。来不及回村，就干脆在山洞里过夜。燃起一堆火，既可以取暖，又可以热食，还可以驱逐野兽。

这一年，小娇芳龄十七，天勇也长成了二十岁的男子汉。一天，突然天降大雨，刘杨两家急忙找山洞避雨。事有凑巧，两家不约而同地找到了同一个山洞。两位老人相见之后，如旧友相逢，聊起来没完。都觉得以前一个住山上，一个住山下，好似隔了天涯海角，愣是不认识。这雨大一阵，小一阵，一直下到天黑，还是没有雨停的迹象。两家人围着火堆，两位老人山南海北，聊个不停。两个年轻人各自偎在父亲身旁，听得入了神。篝火把山洞照的通红，也照的两个年轻人心心相映，产生了爱慕之情。两位老人心中暗自欢喜。天亮了，两家人依依惜别。虽是暂时的分别，两个青年男女却有说不出的牵挂。

一眨眼，三个年头过去了。春天又来了，刘老汉带着女儿又上了山。小娇正在山上采药，忽然一只白老虎张着血盆大口向她扑来。“救命呀！救命呀！”小娇吓的心慌骨软，“快来人呀！有老虎啊！”姑娘的呼救声顷刻间传遍了千山万壑。说也巧，杨家父子正在山上打猎，小勇一下子就听出来了，这喊声不是别人正是小娇。小勇顺手拿起一张弓，朝喊声狂奔而去。小勇举目远望，对面山峰上，小娇正被一只白老虎逼得节节后退，围着一棵古树打转。小娇就要命丧虎口，小勇心急如焚，举箭想射，可是又怕伤了小娇。这可怎么办？真想一步跨到对面山峰上，无奈自己没有翅膀。正在这时，一匹头上长角的野马，从小勇身边的山峰上跳了下来。趁着马的奔势，“腾”的一下，小勇跨上了马背。野马好像知道小勇的心情，一跃就飞上了对面山峰。腾跃在半空中的一刹那，小勇用尽了全身的力气，对着猛虎就是一箭。老虎哀号一声，拖着箭夺路而逃。小娇一见此景，惊喜交加。顺势也跨上了仙马，一同来到了那天他们避雨的地方。惊喜之余，二人相拥，禁不住激动之情，相互倾诉起那天相遇之后的思念之情。不知不觉天已黄昏，两人早把神马的事忘了。当他们回头找马时，仙马已成石马，马头下边还有一个水坑，后来人们称之为仙马洞。

枪响就吃肉

传说很早以前，六渡村有一个猎户，是一名神枪手，名叫隗三秃，曾经是主子的一名火枪手。有一年，隗三秃随从主子出巡。他们走到千河口一处山沟歇息时，突然，一只很大的老虎从山崖上跳了下来，张牙舞爪，直向主子扑过去。

随从护卫保镖们都吓呆了。说时迟那时快，隗三秃一个箭步迎着老虎冲了上去，在只有三尺开外的地方，扣动了扳机。一声枪响，老虎应声倒地。走近一看，子弹炸开了老虎的脑壳。

随从们一个个从惊恐中醒过神来。都喊：“好枪法。”

被吓呆的主子随口说道：“隗壮士枪响就能吃肉啊。”

隗三秃机警过人，闻听主子的话，立刻下跪在地回道：“谢主子恩赐。”

危险过去了。晚上就寝后，隗三秃越想越害怕：自古以来都是伴君如伴虎，我的枪法这么好，危险时刻胆子又这么大，主子必然内心不安，早晚会把我除掉，还是早离开早平安，但离开得有个理由。正在这时，六渡村的一个老乡路过，正好碰上隗三秃和几个保镖。老乡告诉隗三秃：“你母亲病重，你快回家看一看吧。”隗三秃立刻呈报主子，告假回家，探望母亲。隗三秃有救命之恩，主子欣然应允。

隗三秃回到家中，母亲过了不久就病逝了，他开始在家守孝。

隗三秃和家人讲了杀老虎救主子的事情，又讲了自己的担心。家里人心生好奇：都说主子的话就是金口玉言，既然封你“枪响就吃肉”，不知道灵不灵？

这天，隗三秃背着枪和家人一起上山，走着走着不小心绊了一跤，结果碰响了枪的扳机。只听到嗵的一声，枪走火，冲着天响了一枪。大家都被吓一跳，还没醒过神来，就看眼前扑棱棱掉下两只鸽子。

家人一下醒了过来，“枪响就吃肉”，主子的封赏是真的。

没多久，隗三秃的事就在河路沟传开了。

那些年，河路沟闹妖怪。富合村出了一只蝎子精，吃老百姓的牛羊牲口，还蛰死了几个人。村里边人心惶惶，大家经过商议，决定请隗三秃来打死蝎子精。

为民除害，隗三秃义不容辞，便答应了富合村的请求。他备足了弹药，把火枪进行了伪装，一个人去往富合村。

隗三秃顺着山路，到了富合村。正是五月的中午，毒辣辣的太阳照在头顶。在一个山头，隗三秃不知道该往哪里走。他想找人打听一下方向，正好看见一块大石头上坐着一位年轻漂亮的姑娘。

隗三秃心生好奇，这么热的中午，坐在大石头上，就不怕晒坏了？

问姑娘：“这么热的天，怎么在这里暴晒呀？”

姑娘似睡非睡，回答了一句：“听说村里去六渡村请那个该死的隗三秃了，我是瞅一瞅，隗三秃来了没有。这太阳一晒，就睡着了。”随后又嘀咕了一句：“我就怕这隗三秃。”

隗三秃心头一惊：“这就是蝎子精。”

说时迟那时快，隗三秃顺势把身后的枪向前一捋，扣动了扳机。枪一响，那个姑娘一溜烟，闪过了山头，钻进了一个山缝中。

枪一响，村里的人知道，隗三秃来了。都向隗三秃这里聚来。隗三秃告诉大家：“我已经把蝎子精打跑了。”

一个村民想：“枪响就吃肉。那蝎子精跑哪里去了呢？”他顺着几滴湿印子找了过去，很快找到了钻进山缝中的蝎子精。

他用木棍敲打蝎子精的尾巴，蝎子精不动了，说明它已经死了。山缝小，蝎子精卡得很紧。村民用绳子捆住蝎子精的尾巴，用木杆子一点一点把蝎子精撬了出来。

第二天，大家把蝎子精绑在骡子驮子上，驮到石亭卖了。

铸刀绝技

常言道：“一招鲜，吃遍天。”朱师傅是河路沟有名的铁匠，一身好手艺，上下八村的年轻人都想拜师朱师傅，跟他学艺。

朱师傅老俩老来无后，也想收一位徒弟，传承自己的手艺，但始终没有合适的人选。一天，铁匠铺来了一位要饭的少年，十三四岁，父母双亡，姓李，叫李小二。朱师傅觉着孩子挺可怜，便给孩子饭吃，还给他买了一身新衣服。

朱师傅觉得李小二憨厚，手脚还很麻利，就留下李小二帮着自己干一些零活。李小二要饭多年，吃了上顿没下顿，还挨过不少人的欺负，朱师傅老俩管吃管穿，他自然是感恩不尽，打心眼儿里感谢朱师傅，因此表现特别好。过了一两年，朱师傅觉得李小二为人实在，眼里有活，是个勤快人，无牵无挂，也没有去处，决定好人做到底，收李小二当徒弟。

李小二正式跟朱师傅上炉学艺。能跟师傅学手艺，安家立业，李小二自然是感激涕零，心花怒放，因此格外勤快认真。砸煤块、生火、拉风箱、抡大锤，入行很快。朱师傅带着李小二打镰刀、钢镐，锻打淬火，朱师傅教得认真，李小二学得仔细。

街坊四邻，一开始进了铁匠铺，都是朱师傅长朱师傅短。千百年来，人们有一种习惯，为小的，不为老的。渐渐地，人们一进铁匠铺，变成了李师傅长李师傅短。这李小二有了一点手艺，也就飘飘然起来，真以为自己是铁匠铺的掌柜了。

手艺人有一句行话，教会了徒弟，饿死了师傅，所以当师傅的往往都要给自己留一手。

朱师傅不幸染病，不能上炉，只能在屋里静卧。李小二一开始还很关照师傅，没过些时日，到师傅屋里去的也少了，也不再拿师傅当回事了，反正自己的手艺都会了，有没有师傅已经无所谓了。

这一天，李小二到张坊进料，在饭店里吃饭。隔壁的饭桌上坐着几个带刀的捕快，只听一位说道："咱们现在用的刀，刀刃火候不行，遇到人家拿好刀的，肯定吃大亏。"

另一位说："听说十渡的朱师傅是祖传的手艺。等到咱们办完这趟差，去一趟十渡，花点银子让朱师傅给打一把好刀。"

李小二一听，长吁了一口气，心里想："师父还有这样的手艺，可是他从来没有说过呀。不行，我得让师父把祖传的手艺教给我。"

这李小二回到铁匠铺，立刻像换了一个人一样，对师傅一下子变得格外殷勤，既找郎中给师傅看病，又亲自给师傅煎药，变着花样给师傅做好吃的。师傅的脸上也有了一些笑容。

伺候了一些时日，师傅的病时好时坏，不见好转。李小二终于憋不住了，直接讲了真话："师傅，你可不能走啊，你怎么也得好起来，把祖传的铸刀手艺告诉我。"

听到这话，师傅慢慢睁开了眼睛，看着李小二说："徒弟，你要记住，好手艺是要传给笃行如初的人，不能传给言行不一的人。"

说完，朱师傅缓缓闭上了眼睛。流传几代人的铸刀手艺，就这样被朱师傅带进了坟墓。

第七编

历史故事

万 宝 泉

霞云岭乡石板台村前，有一片很大、很开阔的沙滩。沙滩和三角城相连，在“天兴王”刘武周占山为王时属三角城地界。在沙滩的西侧，有一个用土石堆起的平台，平台上矗立着一块长十米、宽六米、厚一米的方方正正的青石板。从远处看去，石板有些倾斜，好像就要倒下来的样子，但走到近前一看却坚固无比，“石板台”就是由此而得名。在石板台前的沙滩旁，有一股清澈的泉水从地下汩汩冒出，如果大热天喝一口这里的泉水，你会觉得清甜可口，浑身上下感到格外清爽。据当地的老人讲，即使在大旱的年头，这股泉水也没有干过。说起这股泉水，人们就会兴致勃勃地讲起当年在三角城举旗造反的“天兴王”刘武周来。

传说，秦王李世民率七万军兵，号称十万，一路夺关斩将，浩浩荡荡奔向三角城，把三角城围了个水泄不通。但由于三角城四面绝壁，唯一可上的小路坎坷崎岖，宽不盈尺，路口有重兵把守，想冲上三角城比登天还难。李世民无计可施，只好在这里围困着，想迫使刘武周在弹尽粮绝之时投降。可一连半个月，刘武周丝毫没有投降的意思。这时的李世民欲攻不能，欲罢不忍，在万般无奈之际，只好放下架子和刘武周讲和，而刘武周乘机发难，提出与李世民割地分据，并且要求封他为王。李世民分析了形势，为平息这场战事，只好忍痛把京西山区划归刘武周的辖地，并封他为“占山王”。

刘武周割地称王以后仍不满足，几年后，他又率兵杀入山西境内，攻太原，占晋州（今临汾），自称皇帝，定年号“天兴”。不久，他便兵败太原，逃奔突厥，两年后他又率兵近千人，逃回旧地三角城，试图东山再起。

刘武周率兵杀回三角城的那一年，正是一个炎热的夏天。那一年从春到夏，没有下过一滴雨，地上裂开了许多大口子。由于干旱，当地百姓种的庄稼颗粒无收。村里仅有的几股泉水也早已干枯，当地百姓吃水，只能到五十里以外的地方去背。乡亲们唉声叹气，纷纷咒骂这不睁眼的老天，咒骂这战乱的年月。

刘武周骑着战马，率领手下一千多名军兵向三角城的方向奔来，后面有大军一路追杀。到达三角城时，刘军损兵折将，只剩下一百多人。他原以为城上的守兵一定会下城来接应他，可是他想错了。这时城上的将士早已被李世民收买，城上飘着的是李世民的旗帜。刘武周顿时大惊失色，气得他哇哇大叫。他愤怒地骑着战马绕城狂奔，不时怒骂着城上的降兵降将，又骂他自己看错了人。由于天太热，再加上一路奔波，那匹马再也跑不动了，在石板台前停了下来，呼呼地喘着粗气。刘武周也渴得嗓子冒烟，眼冒金星。他意识到眼前一切都完了，自己的末日到了，就抽出宝剑，想自刎于城前，死也不当俘虏。当他抽出宝剑时，那匹马竟长嘶一声，前蹄不停地刨着地面的沙土。猛然间，一股清澈的泉水从地下汩汩流出，刘武周见状大喜，心想："真是天助我也！"于是飞身下马，趴在地上贪婪地喝着那股甘甜的泉水，浑身上下顿感清爽，立刻增添了力量。他走上石板台，招呼那一百多名军兵轮流喝水，自己由于太疲劳了，竟依在石板台的那块石板上睡着了。那些军兵喝完水后，也疲惫地倒在石板台前的沙滩上睡着了。

就在他们昏睡的时候，有一将官偷偷地溜出了人群，鬼鬼祟祟地向三角城方向跑去。原来这是一名叛将，他一直与三角城上的叛军有联系。一路而来，他想寻机杀死刘武周，可是总没有机会下手。这时他看到这些人都累得睡下了，不由得脸上露出一丝奸笑，知道这是下手的好时机，就到三角城给叛军报了信，引来了大批的人马，立即包围了刘武周及其部下。那名叛将冲上石板台，举刀向刘武周砍去。刘武周在昏睡中感到有股凉风向他袭来，心中一惊，立即意识到情况不妙，他"嗖"地拔出宝剑，用力一挡，纵身腾空而起。由于力量太大，把他靠着睡觉的那块石板都顶歪了，成了现在人们看到的样子。他手中的宝剑正好和那名叛将的大刀碰撞在一起，冒出了一串儿火星。他定睛一看，认出来人，回头再看看满山遍野全是唐兵，他什么都明白了，趁那名叛将不注意，一下结果了他的性命。刘武周站在石板台上，仰望天空，不禁长叹一声，他高声大喊："刘武周英雄一世，有眼无珠，老子再过二十年又是一条好汉！"接着就举起宝剑，自刎于石板台上。整个石板台都被他的鲜血染红了。

在刘武周自刎的当天晚上，一阵电闪雷鸣之后，下起了瓢泼大雨。这场雨救了当地的百姓，他们不但有了水喝，而且还抢种了夏粮，免遭了逃荒要饭和饥饿之苦。当地人说，这是那口山泉留下的恩惠，是“天兴王”刘武周留下的恩惠。当地百姓纷纷来到石板台前，收敛好刘武周的尸首，又凑钱买了棺木，把刘武周埋葬在霞云岭村东面的山脚下。

由于那股山泉救了当地的百姓，即使在大旱之年也没有干过，解决了当地百姓的饮水问题，当地人就把这股泉水叫作“万宝泉”，也有人把这股泉水叫作“武周泉”。

现在，石板台村人把那股泉水挖成了水井，修好了围栏，全村人都饮用这口井水。一直到今天，他们还都习惯地称它为“万宝泉”。

雍正勘选平峪建皇陵

在中国古代，历朝历代的皇帝都非常重视勘建自己的皇陵，而且是同一朝代皇帝进同一皇陵。比如，金朝把 17 位帝王葬在金陵。1644 年清军入关，1661 年，顺治皇帝开始修建清东陵，历时 247 年，埋葬了 5 位皇帝及众多皇室贵胄。但雍正皇帝，却决定另建帝陵。

雍正为什么另选皇陵，说法不一，有所谓的“得位不正”，另一种说法认为，早年雍正帝打算和爷爷、父亲一起葬在东陵的，但亲自实地勘查之后，发现陵地气势不够大，还分布有很多的砂石，所以，雍正决定另选陵址。

帝陵选址，看重风水，讲究山环水绕，地臻全美，首选皇城附近。已有东陵，自然西山优先。先查看地图吧。首先是百花山山脉，百花山，圣水河，但已有金陵。过了大房山，就是大游龙山。大游龙山与太行山隔拒马河相望，拒马河蜿蜒于两山之间，特别是大游龙与北岳恒山一脉相连。是一处好地方！

奉朝廷之命，一干人马沿拒马河谷的张坊开始，一路勘察。他们沿拒马河谷前行，沿途山峦叠嶂，河水清澈，山村古朴秀美。特别是平峪，地域最为开阔，四周青山环抱，河水村中曲折环流。他们便一下就相中了平峪。平峪村，背靠大游龙山脉，位于大游龙山山阳。东山名曰百草坨，西山名曰平峪岭，拒马河村前环绕，南面有天然石门。村西、村东都是黄土地，黄土的厚度几米至十几米。平峪村东有马安，西有紫石口。大游龙山东有大房山，西有西占山。沿拒马河谷，村村风景秀美，真可谓风水宝地。

众人勘测村中，划定陵址，圈好地界，一切尽在情理中。但有大臣提出，拒马河乃明内三关界河，一旦山洪暴发，人马数月不可以到平峪，不适宜应时举行祭奠礼仪。雍正皇帝觉得有理，便终止了平峪勘陵之举，而另行勘定易县宁山。

独特的刘氏家谱

“家”，是华夏儿女社会关系的基础。“姓”，是标志家庭系统的称号，每个人都有自己的“姓”和“名”。家谱是一种特殊的文献，是一个家族的历史记载，是中国五千年文明史中具有平民特色的文献，记载的是同宗共祖血缘集团世系人物和事迹，是史学的重要组成部分之一，对于历史学、民俗学、人口学、社会学和经济学的深入研究，均有其不可替代的功能。

清代为鼓励民间修谱，立乡谱诏告天下：敦孝悌以重人伦，笃宗族以昭雍睦，训子弟以禁非为，明礼让以厚风俗。敦促人们孝顺父母，爱护兄弟，以重视搞好父子、夫妇、兄弟、朋友的关系；忠实的对待宗族，以显示内部的和睦；教训孩子和年轻人，禁止他们为非作歹；明白礼貌和谦让，以养成浓厚的良好习惯。

家谱中，重要的是辈分谱。一般家族都有自己的辈分谱。通过辈分的划定，达到“辨尊卑、序长幼”的目的。因此，辈分谱是人们认祖归宗的主要标志，它既可使族人能够清楚地确知自己在族中的地位，又可明白长幼尊卑的伦常之分，以遵循宗族组织的伦常秩序。

孔氏家谱是老百姓认为最具权威性的家谱，他的辈分谱是在不断赓续的。明代以前，孔氏后裔没有固定的行辈。明崇祯年间，皇帝恩准，立十字十辈。清同治年间，经皇帝核准，又立十字十辈。1919 年，“中华民国”内务部备案续立二十字二十辈。家谱辈分谱的赓续，也带动众多家谱辈分谱的赓续。

马安，原名叫邙安，清朝初年改为马安。家谱的辈分谱分为两个，一个是祖宗留下的，二十个字的辈分谱。祖宗留下的二十字的辈分谱为：

朝世进自守

成天国显德
占殿文武清
太平永和有

二十字的辈分谱，表达的是治国理念。一个家族，敢用这样的辈分谱，恐怕全国独此一家。

新中国成立前，族人将辈分谱赓续为六十字。

朝世进自守　成天国显德
占殿文武清　太平永和有
凤燕亭锡庆　荣秉富贵来
万季生宏福　春满聚焕珍
本义常行好　忠信从孝功
金银存玉库　志保等后分

马安刘氏家族的高祖称为刘七爷。刘七爷的确切身份，没有留下文字资料，但从马安刘氏家族的各方面情况综合分析，高祖刘七爷应该是明朝农民起义的领袖刘七。

明朝正德四年（1509 年），文安人刘六、刘七在霸州起义，数千人响应。起义军在三年多的时间里，转战十几个省份，东西两路军共发展到十多万人，曾三度逼近京师，撼动了残暴的明王朝统治。1985 年 1 月 1 日，胡耀邦同志到文安考察，主动问县委领导，刘六、刘七农民起义的历史及刘氏后人。文安不断加强了对刘六、刘七的研究。马安刘氏家族的高祖刘七爷是明朝农民起义的刘七吗？马安刘氏家族为什么有这样的辈分谱？至今都是未解之谜。

老　道　洞

相传，1937 年至 1938 年间，有位面孔慈善的老道士肩背褡裢，带着一个徒弟，来到了四马台村。老道士名叫李小丹，来自北京白云观。他懂医术，会治病，经常给当地百姓看病开药方，但从不收钱。渐渐地，百姓们对他熟悉和信任起来了。老道士带着徒弟一直住在山洞里，除了为老乡看病和化缘外很少外出。一天，他将行李由洞口处搬到了洞穴深处一块很大的平坦岩石上，吩咐徒弟："你走吧，自己好好修行，出洞后把洞口用石头封起来，不要再回来了。"徒弟只好从命，出洞后把洞口封好。离开后徒弟心里总放心不下师父，可是又不能违背师命，不敢回去。就这样，一个月过去了，徒弟心想师父一个月水米未进，可能早已不在人世，终于忍不住来到洞口，把封好的洞口打开，来到师父修炼的大石头前，看到师父正在那里打坐。看到徒弟又来了，师父严肃地说："师父说的话，你都忘了吗？"徒弟跪倒在地上诉说着离别后思念恩师之情。师父轻声说："听师父的话，你速离开吧！"徒弟含泪再次与师父告别，出洞后砌好洞门下山而去。一晃几年过去了，村民们想起了洞内的老道士，便想看个究竟，于是打开洞门，拿着火把进去洞内。人们大吃一惊，老道已经死了，但仍然坐着，尸体新鲜如初，如同活着一般。人们肃然起敬，知道他得道升天了，便跪拜祈求仙道保佑赐福。

大小马踏岭的传说

在雨斗泉村西南向的群山之中，有两座山峰顶部平坦，形成了两大天然的高山草场，在这里养马、牧羊、放牛，真可谓是极佳的好地方。

其实，这里早在古时候，便是两处牧放军马的牧场。远在唐代，北方占山为寇的山大王刘黑闼为了发展壮大自己的军事实力，到处招兵买马，可是光招来、买来又不是一个长久办法，因为任何部队没有后方补给又怎能独闯天下，取得成功呢？为此，刘黑闼和他的军事商议，在巩固了山寨的营地后，得尽快寻找一块地方牧养军马，以补充日益壮大的部队。一日他们来到了蒲洼泸子水村西的山脊上，放眼向西一看，发现远处的大山中，有两片平缓的草场，于是便带着人向那山峰爬去。

说来还真是奇缘，这坡路不陡，山势也缓，骑马上山也不费劲，不到一顿饭的工夫，他们便爬上了小马踏这个坡面。

刘黑闼的坐骑是一匹优良的伊犁神骏，跑起来快如风似闪电，可就是在北方找不到它所喜欢的草场，所以一直处于营养不良的状况，然而这马一上到这里，见满坡的青草，便大口大口地吃起来。刘黑闼一见。大喜过望，原来这伊犁良驹爱吃这高山顶上的山草啊！于是，他对部下说："赶快把咱们这新疆伊犁买来的军马，赶到这里来放牧，这山场可定为我们的军马场。"大王的一句话，属下立即照办，没过几天，大批的军马便被送到这里。与此同时。他们还把军马的大马小马分别牧养，把小马留在东面的山顶草场，把大马送到西面坡顶草场放养，分两处养，使几千匹军马在较短的时间内就长得膘肥体壮。不久就有一批送到了战场之上，打了胜仗，还立了大功。由此之后，这两处草场，不断有军马被送过来，养壮了送走，为刘黑闼占据北方立下了汗马功劳。后来刘黑闼与唐军作战落败，这两处天然牧马场也就失去了昔日的辉煌，但却留下了大小马踏这两个地名，被一直叫到了今天。

在蒲洼像这种高山草场不是很多，如将其开发成天然的旅游观光牧场，放养绒山羊、肉驴牛等，一定会收到极佳的效果。

马安少林会的故事

马安村少林会始于清朝后期。老人讲，刘氏祖先武艺高超，一代传承一代，习武强身，护村防身，成为村里世世代代的传统，但始终外不示人。清朝晚期，随着社会上各种花会的兴起，马安村在祠堂挂出少林会的牌匾，公开组织儿童少年习武。学习的少林功夫，包括拳术、棍术、刀术、枪术、剑术、技击、气功、轻功等几十种。最为显著的特点，是把习武与日常的生产生活紧密结合在了一起。很多功夫都有马安人自己的练习方法，如旱地拔葱、走筐箩沿、戳金刚指、窜席筒、抱牛犊、穿石鞋、海底捞月等。

每逢重大节日，村里都以举办花会的形式进行功夫展示。清末民初，河路沟习武盛行，每逢花会庙会，必有武术表演。表演的前提是"打场子"。庙会有时特意不准备舞台，需要表演者在熙熙攘攘的人群中"打场子"表演。围观的观众大多数是有备而来的行家，所以，不少的表演团体是打不开场子的。

"打场子"先是拳术表演，后是三节鞭，然后是扎枪，一点点打开表演场地。打场子时，不能伤到人，要点到为止。拳、鞭、枪不得伤人，只在势到，行家自知开场人分寸。打不开场子，也就无法表演。据说马安少林会没有打不开的场子。

传说马安村的一个人，由于行侠仗义，得罪了张坊村的一位权势人物。那一年，张坊村唱大戏，马安村的这个人也到戏台前看戏。没想到，被那位权势人物认了出来。他悄悄地召集了一帮人围住了马安人，然后一个个亮出了家伙。多个打一个，很多人都赶来看热闹。

只见马安人一个箭步，窜到了戏台上。不慌不忙，脱下身上穿的大氅，团了一下，走到戏台一角，猫下腰，右臂夹住戏楼柱子，一较劲，竟然拔起了戏台柱子。不慌不忙，把自己的大氅放在柱石上，轻轻放下戏台柱子。搓了一下手，站在了戏台中间。

台下的人一个个大吃一惊。

“各位好汉，是一齐上来，还是单个上来，还是我下去一个个请上来。”

话音刚落，台下的人呼啦啦跪在了台下：“好汉息怒，我们有眼不识泰山。”

民国十八年（1929 年）发大水，冲毁了马安村绝大多数土地庄稼，冲毁了村里的公田，也冲走了村内刘氏宗祠，马安村失去了公益活动的经济支持，少林会活动被迫中断。

马安山城的传说

马安村，历史上称邙安，邙字作为地名，中国只有两个地方，一个是河南洛阳，有个北邙山，另一个是邙安。为何称为邙安，没有文献记载。马安四面环山，村中有一条小河，大旱年头，清泉从村北流出，到村南渗入地下，只养马安人。

1929 年前，马安很富裕。村中的耕地，一直延伸到村四周大山的悬崖峭壁下。而且，今天的卧龙、富合、六合、西太平、平峪、刘财都有马安的地。民国十八年，一场大水冲毁了马安的绝大多数土地、庄稼，马安从此衰败。

新中国成立前，马安村南北各有一道城墙，与东西大山相连，相隔 7 里。

称为村南城墙、村北城墙。村南城墙用山石砌成，位于现在的十渡村一队，也是马安一队。东端位于东戍片南岩的最西端（现在的蜂儿峪桥南桥头）垒砌，一直垒砌到老帽山六壮士跳岩牺牲的山崖。城墙 20 世纪 70 年代还有城墙基础，随着老百姓盖房用石头，陆续拆走。老帽山下的城墙，由于十渡公社建石灰窑，城墙的石头都烧制了石灰。老人说，他们记事时，城墙四丈多高，宽两丈，中间用碎石灌注，十分坚固。村北城墙，位于大阴埝最北端去卧龙的拐弯处，是一座更高、更厚的城墙，两边巨石垒砌，中间黄土岁时夯筑。老人说，两座城墙都是民国十八年（1929 年）被冲毁的。历史上，马安村是一个易守难攻、可以屯兵的山城。

村内地名大都是军事地名。如“东戍片”“西戍片”“理戍台”“武街”“操子地”“靶子地”“靶子地洼”“尚武台”等，人们说这是祖宗练兵、上操、比武、射靶的地方。村中还有“官亭”“点火台”等地名。

马安山城建于何时，没有史料记载，民国十八年一场大水冲毁了土地和宗祠，日本侵略者烧光了马安村的所有房屋建筑，一切历史资料荡然无存。

老人传说，马安山城始建于刘仁恭时期。马安没蝈蝈就是主子封的，主子就是刘仁恭。刘仁恭要在大安山当皇帝，马安村有山有水，特意在马安修了山城，夏天就在马安避暑，中午在官亭歇晌。为了稳固自己的权力，在西关上、东关上修了关城。

2013 年全国文物普查，房山区文物管理所在马安村南的城墙遗址中找到了唐砖，初步考证了马安村南城墙的建筑年代，从而印证了刘仁恭建马安山城的历史传说。由于马安南城墙在十渡村一队，所以文物普查表填得是十渡村。

第八编

民风民俗故事

马安话的特点

十渡方言以马安话为代表。在长期的历史发展中，马安村方言不断受到外来文化的影响，但在六十岁以上的人群中，还明显保留着马安方言的特点。

马安方言属于十渡语区。马安方言在语音、语义、构词、词汇等方面都拥有自己的特征，最基本的特征有两点：一是语调下滑，马安话的大部分语句，语调是下滑的；二是入声声调明显，入声声调在普通话中已经不存在，但在马安方言中，许多词语保留入声声调。

马安方言的不少词汇，应该是在生产生活实践中自造的。马安方言有大量词汇是对生产活动的描述，如“钐棒子尖”与“割棒子秧儿”，同样是用镰刀的动作，只不过镰刀用力的方向不同。马安方言有大量词汇是对社会生活、特别是家庭生活的描述。

马安方言不少词汇是对古汉字的传承。如“嵲”字，是马安方言对山峰的称呼。其实，该字是一个古汉字，杜甫在《自京赴奉先县咏怀五百字》中写道：“凌晨过骊山，御榻在嵽嵲。”马安方言的“嵲”是一个名副其实的古汉字。如“髡树”，是一种流传了1500多年的传统树木修剪技能，早在北魏时的贾思勰就在《齐民要术》中记载了这种劳动技能。

在普通话中不再使用的入声，马安方言中仍在使用。派入普通话阳平声中的全浊声母入声字，还读入声。如“麻子”，普通话读“麻（má）子”，马安方言读“麻（mǎ）子”；“日子”，普通话读“日（rì）子”，马安方言读“日（rǐ）子”；“呆子”，普通话读“呆（dāi）子”，马安方言读“呆（dǎ）子”；“值班”，普通话读“值（zhí）班”，马安方言读“值（zhǐ）班”等。

二月二“龙抬头”

农历二月初二，称“青龙节”，俗称“龙抬头”。

一种传说是，伏羲氏“重农桑，务耕田”，每年二月二这天，“皇娘送饭，御驾亲耕”，自理一亩三分地。后来黄帝、唐尧、虞舜、夏禹纷纷效法先王。

到周武王，不仅沿袭了这一传统做法，而且还当作一项重要的国策来实行：于二月初二，举行重大仪式，让文武百官都亲耕一亩三分地。青龙节的意义在于动员民众，重视农耕，开始农耕。

另一种传说是，女皇武则天登基后触犯了天条，惹怒了玉帝，玉帝命令龙王，三年内不准下雨以示惩罚。刚过一年半，龙王看到大地干枯，死人遍地，心一软就下了几次透雨，大地开始丰收。玉帝一怒之下，就把龙王压在了大山下，并说要放龙王，必须等“金豆开花”。

老百姓感恩龙王，齐心协力搭救龙王，便约定二月二这天早晨，各家的人都早早起来，从井里挑水，把水缸挑满。谁家水缸挑满得早，谁家就会五谷丰登。把缸里挑满水后，便打开火炒黄豆，满村都是噼噼啪啪的炒黄豆声，叫“金豆开花”以示吉祥，主要是为了搭救龙王。玉帝一看，人间的金豆真的开花了，只好放了龙王，这天正好是二月二，所以人们把二月二称“龙抬头”的日子。

人们用“二月二，龙抬头，大囤满，小囤流”的顺口溜来感谢龙王，期盼风调雨顺，歌颂五谷丰登的好年景。这一天，还要摊闹黄儿（也叫龙闹儿），庆贺龙王从这天开始欢腾了。这一天，男男女女要理发，庆贺龙抬头。为了保证庆贺的场面，便有了“正月剃头死舅舅”的说法。都集中到二月二这一天理发，庆贺龙抬头。

“二月二，龙抬头”之说实际上是过去农村水利条件差，农民非常重视春雨，庆祝“龙头节”，以示敬龙祈雨，让老天保佑丰收，从其愿望来说是好的，故“龙头节”流传至今！

桃木避邪的习俗

百花山地区有一个共同的习俗讲究：桃木避邪。

桃木避邪的第一个习俗是五月初一插桃枝，这源于“燕王扫北”的传说。燕王即朱棣，明太祖朱元璋的第四子，他领重兵镇守大都（北京）。1403 年，朱棣登帝位，改号永乐，后又迁都北京。为了彻底解决元朝的残余势力，从永乐八年（1410 年）开始，明成祖亲率明军，五次进行北伐。

“燕王扫北”有多个版本的传说。其中之一说：

燕王扫北，见人就杀。一天，燕王骑马提刀，见前面一妇女领着一大一小两个孩子奔跑逃命。燕王大喊：“站住，站住。”谁知这么一喊不要紧，只见那妇女把小孩子扔下，背起大孩子跑了起来。燕王十分惊讶，心想这大孩子一定不是那妇女自己生的，小孩子一定是别人家的，便策马追上妇女问道：“你为什么把大孩子背上跑了，却不顾小孩子的死活？”

那妇女面不改色，言道：“小孩子是我自己亲生的，是死是活也顾不了他了，大孩子是别人家的，他父母双亡，已经是孤儿了，求你放他一条生路吧。”

燕王被妇女的爱心所感动，对妇女说：“你回家吧，把你家门上插上桃树枝就不会有人来杀你了。”一传十，十传百，不到一个时辰，家家户户的门上都插上了桃树枝，这天正是五月初一。燕王经过此事之后，便不再滥杀无辜。

从此就遗留下五月初一插桃枝的民俗。每到端午节，家家户户门口、窗口插艾草，插桃枝，驱病避邪。

从此以后，桃木就成了避邪的神木。很多家庭为了平安，在家中放上一截桃木；又有人桃木做成木剑，摆放家中；还有妇女把桃木做成木梳梳头，皆为辟邪。

桃树以灌木为主，一般就是两三米高，不能长成材树。由于桃树一般不生侧枝，不长木疖，光滑直条，很适宜盖房做椽。但由于人们敬重桃木，认为桃木是避邪的，不能大材小用，不能做木椽。所以，百花山地区有一个习俗，桃木不能上房。

端午节包粽子

端午节是中华民族两千多年的传统节日。大房山地区很多村俗称“单五节”。端午节也是大房山地区始终没有中断的传统节日。

端午节两件事，插艾草或桃枝，包粽子。

每到端午节，各家各户都会把艾草捆成艾草把，挂在门框上，或者挂在格栅窗子上。有的家里，还要把艾草挂在鸡窝旁。老人的说法是：挂艾草可以祛除病邪。

包粽子是家家户户必不可少的。包粽子和做别的食品不一样，比较讲究，一是要用芦苇叶。所以大房山地区，凡是有水的村子，都会栽种芦苇，就是掰下芦苇的叶子包粽子。讲究的家庭，捆粽子是不能用这样那样的绳子的，要用马蔺草。

端午节的两件事，都富有劳动人民的智慧，包含着保健的内涵。农历五月初五，古时亦称“恶月恶日”，“端午节，天气热，五毒醒，不安宁”。进入农历五月，华北地区气温开始升高，雨量增多，空气变得潮湿闷热。在升高的温度和湿度加大的情况下，非常有利于细菌和病毒快速繁殖，瘟疫和“五毒”等集中在五月时间出现。

古人讲天人合一，人与宇宙为一体，人体五脏六腑皆受天地运行的影响，《礼记・月令》曰：“（仲夏）是月也，日长至，阴阳争，死生分，君子齐（斋）戒，处必掩身，毋躁，止声色，毋或进，薄滋味，毋致和，节耆欲，定心气，百官刑，事毋行，以定晏阴之所成。”

艾草有温经、祛湿、散寒、止血、消炎、平喘、止咳、安胎、抗过敏等作用。艾草性味苦、辛、温，入脾、肝、肾。插艾草，就是发挥艾叶具有的抗菌及抗病毒作用。民间有桃枝辟邪的习俗。芦苇，清热，生津，除烦，止呕，解鱼蟹毒，清热解表，也是驱除瘟疫的良药。用芦苇叶包粽子食用芦苇叶煮过的粽子，无疑是预防瘟疫的良药。马蔺草，具有清热解毒、利尿通淋、活血消肿功效。马蔺草煮粽子，无疑也是一味清热解毒的驱邪草药。所以，端午节吃粽子是有科学道理的，是中华民族的智慧所在。

腊　八　粥

在大房山地区，每逢农历的腊月初八，家家户户都要熬腊八粥、喝腊八粥。各家各户的腊八粥都是以棒子糁为主，放上黏高粱米、豆子、大枣、栗子、核桃仁等混在一起，熬成稠粥。

各家各户条件不同、爱好不同，加入的辅助食材也不同。

为什么喝腊八粥，有着多种传说版本。

一种说法：中国古代天子或诸侯，年终岁末时要举行祭祀八种自然神灵的仪式，称为“蜡祭”。秦始皇统一中国以后，下令将每年十二月改称为“腊月”。“蜡祭”也成了“腊祭”。流传到民间，就有了腊八节，南方的人们要吃腊八饭，北方的人们要喝腊八粥。

另一种说法：来自印度天竺的佛教习俗。农历腊月初八是佛陀成道纪念日，佛教称“法宝节”，到了中国俗称“腊八节”，喝腊八粥以纪念佛陀成道。

再一种说法：当年，岳飞率部抗金，正值腊月，岳家军食不果腹，老百姓相继送粥，岳家军饱餐了百姓送的粥大胜金兵。这天正是腊月初八。岳飞死后，人们为了纪念岳飞，每到腊月初八，便以杂粮豆果煮粥。

还有一种说法：祖先学会了种植谷物、豆类，但还不知道尽快把它们收藏起来，而是现吃现到地里去收。后来，气候发生了变化，有了春夏秋冬之分。到了大雪封山和春季没有收获的季节，能吃的食物没有了，生活十分贫苦。有一年，大雪封山，没有食物。男人们冒着严寒，扒开厚厚的积雪，从这里找到一根玉米，那里找到几穗谷子，这棵树下刨出几颗栗子，那棵树下又拾到几个核桃，枣树下捡到几个大红枣。女人见每样东西都少得可怜，就把所有的食物都掺和在一起，做了一大锅粥。从此，人们便把五谷杂粮和干鲜果品收回来，贮藏起来，大雪封山时，熬粥度日。一代一代，也就有喝了“腊八粥”这一风俗。

霸　王　鞭

霸王鞭是一种传统的文体游戏活动，百花山地区的山前山后都能见到有人在耍霸王鞭。

民国时期，特别是抗日战争时期，为了配合抗日宣传，霸王鞭表演异常活跃。有时由几个村民共同表演，很受人们欢迎。霸王鞭，是一种简单易做的表演道具。取一米左右长的木棍，距两端十厘米处各挖一个长方形木槽，用铆钉或螺丝把铜片固定在小槽内，木棍两端钻眼，拴上多种花布条和小铜铃铛，这样一根漂亮又有响动的霸王鞭做成了。

为了表演效果，一些村庄制作尺寸统一的霸王鞭。表演起来动作整齐划一，效果更好。打霸王鞭的基本动作包括用鞭打击臂、肩、腰、背、脚心、胯、肘、手掌等部位及地面，同时踩着锣鼓点走秧歌步。打霸王鞭运动量较大，有下蹲、跳跃、转体等舞蹈动作，能使身体各部位和各关节都得到活动，既能锻炼身体，又愉悦了身心。

霸王鞭表演形式由锣鼓伴奏，右手执霸王鞭，左手的手指上扣有绣花方巾，两人以上舞蹈时常常对敲，随着跳动的步伐，器械发出整齐而有节奏的响声，表演者一面舞动着霸王鞭，一面歌唱。这也叫花棍舞，打连厢，节拍快慢按着套路来定，老年人用慢节拍，年轻人或儿童用“七脚鞭”等快节拍，配唱民间歌谣，边舞边唱。

曹火星创作了《没有共产党就没有中国》歌曲后，由于歌曲具有进行曲的节奏，与霸王鞭能够做到有机结合，深受根据地老百姓的喜爱，所以用打霸王鞭的形式演唱《没有共产党就没有中国》成为根据地的一种时尚，儿童团、青年民兵、甚至老年人纷纷加入演唱行列。很快，《没有共产党就没有中国》和一批抗战歌曲纳入霸王鞭演唱之中，宣传教育群众，宣传抗战精神，成为根据地广泛的歌曲演唱形式。

祭　窑　神

窑神爷为谁，全国说法不一。

房山地区供奉的窑神是一位名叫崔义的真人化身。崔义是一位经验丰富、身强体壮的矿工，在井下工作一辈子，也多次在井下有危险的时候救出矿工。有一次，井下发生塌方，他手托摇摇欲坠的岩石，矿工们从身前先逃走，当最后一名矿工走出后，他被巨石压住，埋在井下。矿工们都很感激他，将他作为煤窑神来供奉，同时也借此来发扬矿工的团结互助精神。

窑神是煤窑业的保护神、祖师爷，祭祀窑神始于明代。大房山供奉的窑神形象多种多样，一般是雕版印刷的纸像，俗称“神码子”，上边是“煤窑之神”四个大字，中部的窑神像“头顶隆起，双目圆睁，肩披瓔珞，神态威武”；有的窑神庙供奉的是窑神彩色塑像，窑神端坐，黑脸，虬须戟张，头戴官帽，身穿黄袍；还有的供奉窑神立像，窑神头戴金盔，身穿铠甲，左手拿着开山斧，右手倒提一串铜钱。《窑喜歌》的歌唱窑神：“拔道如同佛爷龛，龛里头供着神三位：山神、土地，窑神在中间。诸位要想认识祖师爷，顶灯、拄镐、倒提一串钱。”窑神爷倒提一串铜钱，下端无结，有两种寓意，一是窑神爷为窑工撒下一路铜钱，供窑工享用；另一种寓意是窑工存不下钱，随挣随花。

祭窑神主要在窑神生日、开窑时、复工时、节日时及日常祭祀，一般是窑工依次上香，行三拜九叩大礼上供品，还要往窑口内扔馒头祭送老鼠，放鞭炮。门头沟地区祭窑神日为每年腊月十七，房山及其他地区祭窑神日是每年腊月十八，一般在窑口上方摆上窑神像，用红纸写上对联：“乌金墨玉，石火归恒。”窑主都要在窑口摆好供桌，供一头黑色整猪（不杀猪时要买猪头、猪蹄、猪尾巴，以示为整猪摆放在窑口），再摆上一些馒头、糕点和水果、整鸡等，然后点上一炷香，窑上有关人员要磕头，并念喜歌，祈求窑神保佑煤窑的安全，再燃放鞭炮。最后窑主端着灯花（五彩宣纸剪成，蘸好油）亲自钻进窑内，在主巷道里每隔五尺点燃一支灯花放上，用以驱除邪恶。

煤窑拢道处设窑神像龛，平日由总管拜祭，开工这天在拢道处放鞭炮、点灯花、大作头，给窑神爷磕个头上炷香，祈求在新的一年里万事如意，求窑神降福窑工安全，窑工们点燃香，面向北方给窑神磕头，然后上窑。祭祀结束后，大家在窑上共同就餐，共享一年收获的喜悦。这一天放假回家过年，一般在正月十六日开工。

马安村的饮食忌讳

马安村的饮食，有很多忌讳，还有一些莫名其妙的理由。即使在 20 世纪 60 年代最困难的时期，这些习俗也被大多数家庭遵守着。

不吃鸡头、鸡爪。鸡鸭鱼肉，向来是家庭餐桌上的上等食品。马安村人也吃鸡，但是不吃鸡头、鸡爪，更不吃鸡肠子。过节时难得杀一只鸡，但是鸡头、鸡爪子、鸡肠子都会和鸡毛一起扔掉。那时候还没有现在的环保设施，很多家庭的垃圾，都是随手倒在大街的墙外。所以每到过节时，大街的墙外都会看到人们扔掉的鸡头、鸡爪子、鸡肠子。不仅过节如此，就是平时家家户户在吃鸡时，也是要把是要鸡头、鸡爪子、鸡肠子扔掉的。

老人说："鸡是庄稼人的财富，吃掉了鸡头、鸡爪子、鸡肠子，鸡就不能投生了。鸡不能投生，还怎么养鸡下蛋?"

不吃长相不好的瓜桃李果。老人们经常对年轻人说："吃要有吃相。不吃长相不好的黄瓜、茄子等瓜果梨桃。吃了这些，人就会长丑。"所以，马安人讲究，吃黄瓜、吃茄子都要吃长得顺溜的。

不吃长得'花狸豹'的猪羊等牲畜。老人们经常对年轻人说："买羊肉、猪肉，要买一色的，不能买长得'花狸豹'的羊肉、猪肉。长得花狸豹的猪、羊，都是串了花的。串了花，就跟骡子一样，会断子绝孙。"

不让孩子吃猪脑、羊脑。不论谁家，煮了猪头、羊头，脑子都是大人吃，不让孩子吃。老人说："吃了猪脑、羊脑，就会变笨。"

这些习俗，一直到20世纪80年代初，随着改革开放的发展，年轻人不再尊重这些习俗。马安的这些习俗来自什么时候?来自哪里?没有人能够说清。只有一点，马安村从没有出现过呆傻孩子。

散 灯 花

河套沟、河路沟地区，都有散灯花的习俗。每逢正月初一、正月十五要散灯花，丧事送三回来也要散灯花。十渡地区一些村庄家庭，一直到"文化大革命"后期还保留着这种习俗。

散灯花是一种古老的民俗。"灯花"首先是制作灯花，老人叫捻灯花。一般是在前一两天，选五种颜色的纸，把纸剪成12厘米左右的三角形，在一面等腰的弦上，用剪刀将纸剪成一条一条，垂直剪至3厘米左右，在下面向上剪成一条一条，向上剪一厘米，要比长的纸条宽一些。以没有剪的一边为轴心，将剪好的纸卷起，将外面的纸尖粘好。在手上一戳，下面的纸条变成底盘，上面纸条如花散开。

将捻好的灯花，一个挨着一个，摆在面盆一类容器里，然后浇上食用油浸润。

初一散灯花，主要是净宅。初一早上烧香上完供后，开始散灯花，要从里屋开始。用筷子夹住容器中的灯花点燃后，放在里屋的墙角，地上的每个墙角都要放，隔三五尺点燃一个，一直到门口。然后顺着道到院里，再到大门口外。屋里院里的各个角落都要散到，一直散出家门，寓意把一年的坏运气带走，好运降临。

正月十五散灯花，是在月亮升起后。也是按照同样的顺序，点燃一个个灯花，从里屋点燃到大门外。

丧事散灯花，是送三回来后，同样的顺序，点燃一个个灯花，从里屋点燃到大门外。灯花为死者的灵魂照明引路，让宅院净下来。

山梆子戏

山梆子戏为房山区级非物质文化遗产项目。芦子水村，位于有“北京小西藏”之称的北京市房山区蒲洼乡，因地处深山，与外界往来不多，六百多年的历史孕育出丰富的民俗文化，山梆子戏便是这个不足千人的小村落独有的戏剧形式。山梆子戏曲目繁多，多达一百二十多出，唱腔高亢有力、曲调优美、板式清晰、历史悠久，有三百多年的传承历史，群众喜闻乐见，是一个深受群众欢迎的地方剧种。

梆子腔起源于陕西。陕西古属秦地，因此，梆子腔也被称为秦腔。古秦地慷慨豪迈的民风，形成了秦腔高亢激越的基调，长于表现雄壮、悲愤的情绪。明代跟随山西、陕西移民的步伐，古老的梆子腔也传入京津冀，形成了河北梆子，乡间百姓俗称“山梆子”。与其他的戏种不同，山梆子戏更讲求土生土长的山味。山梆子戏班已有三百余年的历史，曾为隗氏戏班，在清朝中期戏班已发展到四十多人，农闲时间组织起来学戏、唱戏，清朝末期，得名“天成班”。

曾经的山梆子戏有着辉煌的历史，因其属于隗氏家族，也被称为隗氏戏班。在那个年代，隗氏戏班的山梆子戏堪称一绝，不论走到那里都有大批的戏迷来听戏。曾经隗氏戏班沿着大山一路唱到了城里，乾隆无意中听后大为赞赏，认为山里也能出这么好的梆子戏，简直是天成的，故赐名“天成班”。因为近代的战乱，山梆子戏陷入了一段时间的沉寂，可是老人们对于山梆子戏却始终念念不忘。随着近年来国家对于文化的保护力度逐渐加大，村里独特的山梆子戏也在酝酿着生机，还会山梆子戏的老人们聚集起来，开始恢复山梆子戏。老人们一遍遍地推敲排练，将古老的山梆子戏逐步地完善起来。虽然他们已经年华不再，可对于山梆子戏的火热却始终没有改变过。

炸油香待姑爷

到蒲洼地区后，在当地吃饭，各家都要炸油香招待客人，还会告诉你，这是招待姑爷的炸油香，也就表示这是最高档的招待了。

无论是河套沟地区还是河路沟地区，没有出嫁的女孩都称为姑娘。历史上大户人家的女孩儿，没有结婚出嫁一般都被丫鬟仆人当成长辈，称呼为姑娘。下人对主人或权贵有身份的人物都称为爷。姑娘结婚出嫁了，就称为姑奶奶，姑奶奶的夫婿就称为姑爷。

俗话说，儿女都是母亲身上掉下的肉，天下父母没有不疼儿女的。在历史上，嫁出去的姑娘如同泼出去的水。女儿的一生的吃穿住行，享福受苦，都寄托在姑爷身上了。娘家人都希望本家姑奶奶享福，希望通过对姑爷的疼爱，博得姑爷对本家姑奶奶的疼爱。娘家人如此，父母更是如此。所以就有了一句俗话："丈母娘疼姑爷实打实，实实在在。"姑爷进门，必然就要用最上等的食品招待。白面油香，就成了蒲洼地区招待姑爷最好的食品。

炸油香之所以成为蒲洼地区最上等的食品，是由于蒲洼的地理环境造成的。蒲洼地处深山区，山高坡陡，没有水浇地，不能播种小麦。蒲洼人要吃小麦磨的白面，需要走出大山，到百十里外的平原地区去购买。即使有商贩贩运白面到蒲洼，由于山路崎岖，交通不便，价格也非常昂贵，所以一般的老百姓平常是吃不起的。所以白面炸油香，就成了蒲洼地区招待姑爷最好的食品。

白面可以蒸馒头、烙饼、包水饺，为啥非要炸油香啊？一方面，炸油香加工方法简单，和面下锅即可，要的是实在劲儿。重要的是蒲洼的炸油香好吃，与蒲洼的三样特产密切相关。

蒲洼盛产核桃，用核头仁榨出的核桃油，带着核桃仁的清香和透亮。蒲洼还盛产杏，杏仁榨出的杏仁油带着杏仁的清香和透亮。两种原生态的果仁油，炸出的油香各带独有的清香，又都有亮眼的色泽，外酥里嫩的口感，确实独具风味。同时，蒲洼盛产中华蜂，中华蜂蜂蜜甘甜适口，色泽清透，油香蘸蜂蜜，也就组合出蒲洼独特的风味。所以，炸油香待姑爷，成为蒲洼最具特色的风俗。

当然，时过境迁，人们现在的炸油香大多是一些花生油、豆油等植物油，很难再吃到核桃仁、杏仁油炸的油香了。

参考资料

《蒲洼烽火——蒲洼革命斗争纪实》，中共北京市房山区蒲洼乡委员会、北京市房山区蒲洼乡人民政府编。《京西烽火——抗日斗争故事集》，王洪钟著，大众文艺出版社，1992 年。